四季讀詩

叶嘉莹 主编

中华书局

图书在版编目（CIP）数据

四季读诗/叶嘉莹主编. —北京：中华书局，
2020.5（2025.4重印）

ISBN 978-7-101-14212-9

Ⅰ.四… Ⅱ.叶… Ⅲ.古典诗歌－诗集－中国
Ⅳ.I222

中国版本图书馆CIP数据核字(2019)第247795号

书　　名	四季读诗	
主　　编	叶嘉莹	
编　　著	张　静　于家慧	
责任编辑	李若彬	
装帧设计	刘　丽	
责任印制	管　斌	
出版发行	中华书局	
	（北京市丰台区太平桥西里38号　100073）	
	http://www.zhbc.com.cn	
	E-mail:zhbc@zhbc.com.cn	
印　　刷	天津裕同印刷有限公司	
版　　次	2020年5月第1版	
	2025年4月第4次印刷	
规　　格	开本 /787×1092 毫米　1/32	
	印张 8　　字数 80 千字	
印　　数	13001－14000册	
国际书号	ISBN 978-7-101-14212-9	
定　　价	68.00元	

致读者

呈现在您面前的这本《四季读诗》，是一册编排新颖、图文并茂的古诗词读本。

从先秦时代的《诗经》，一直到近代大学者王国维的《蝶恋花》，本书收录了一百六十多首以唐宋诗词为主的传世名篇，还精心选配了与诗词意境契合无间的传世古画。

与常见的诗词选注读物不同，我们将古诗词按照作品本身所体现的时序、物候等特征，编织进了春夏秋冬四季的流转当中。春花秋月，风物人情，各有各的妥帖安排。

陶渊明、杜甫、李白、苏轼、柳永、沈周、石涛……这些大诗人大词人大画家，将用他们美妙的艺术创造陪伴我们走入四季风景，与花木相亲，与山川相遇……

我们将在时间的故事里重新发现古典诗词之美。

目 录

冬

代　序

　　不仅写诗的作者贵在有一种感发的作用，就是读诗的读者也同样贵在有一种感发的作用。而且这种感发不仅是一对一的感动而已，更且贵在感动之外还可以引起一种兴发，于是一可以生二，二可以生三，乃至于生生不已以至于无穷。所以孔子与他的学生子贡谈到"贫而乐，富而好礼"的修养，可以使子贡联想到"如切如磋，如琢如磨"的诗句；而孔子与他的另一学生子夏谈论"巧笑倩兮，美目盼兮，素以为绚兮"的诗句，又可以使子夏联想到"礼后乎"的修养。在词的方面，则张惠言论词可以从"风谣里巷男女哀乐之辞"联想到"贤人君子幽约怨悱不能自言之情"。王国维论词也可以从晏、欧的相思怨别之辞，联想到"成大事业大学问的三种境界"。凡此种种都可以说明，在中国的诗词中，确实存在有一条绵延不已的、感发之生命的长流，这也就正是中华文化所特有的一份珍贵的宝藏。

葉嘉瑩

春

云霞出海曙，梅柳渡江春。

——杜审言《和晋陵陆丞早春游望》

春　情

○ 唐·张起

画阁余寒在，新年旧燕归。
梅花犹带雪，未得试春衣。

评　注

　　新旧交替之时，天气尚寒，但崭新的气象和春天的气息已经弥漫于天地之间，这首诗描绘的便是这般迎春盼春之情。第二句中的"新年"与"旧燕"看似对立实则和谐——旧时燕子的回归，带来的正是新春的气息。梅花之上犹有积雪，不能乍然换上轻盈美丽的春衣，然而那种渴盼的心情已经通过"试"字流露出来。

　　张起在唐代诗人中声名不显，这首小诗却情韵别致，颇堪玩味，我们不妨借诗中万象更新、跃跃欲试的气象，带着生机与梦想迎接新的一年。

明·陈洪绶　梅花山鸟图

赠范晔

○ 南朝·陆凯

折梅逢驿使，寄与陇头人。
江南无所有，聊赠一枝春。

评 注

驿使，古代驿站上传送书信或物件的人。

古代交通通讯极为不便，千里传书，多为要事，可作者所要寄去的，却是一枝小小的梅花。这一枝早春的梅花，带着整个春天的生机与浪漫，更带着作者对友人的切切相思。这首小诗措语质朴，却有一种充盈的情意涌现其中，令人动容。

折梅赠远，被历代诗人广泛运用。宋人周邦彦《解连环》词云："水驿春回，望寄我、江南梅萼。"从另一个角度运用此典寄托相思，可与此诗并观。

和晋陵陆丞早春游望

◎ 唐·杜审言

独有宦游人，偏惊物候新。
云霞出海曙，梅柳渡江春。
淑气催黄鸟，晴光转绿蘋。
忽闻歌古调，归思欲沾巾。

评 注

淑气，温和宜人的春天气息。

这首诗是初唐时期的五言律诗，起承转合，法度端严，而调高思丽，已开盛唐千变万化之气象。中间两联颇能道早春清和风物，"云霞出海曙，梅柳渡江春"气象阔大，"淑气催黄鸟，晴光转绿蘋"色彩明丽，"出"、"渡"、"催"、"转"炼字精妙，更添活气。尾联点出"归思"，照应首联"宦游人"，结构完整。首尾二联善用虚字，"独有"、"偏惊"、"忽闻"使情意更具拗折流动之美。

南宋·夏圭　松溪泛月图页

宿建德江

○ 唐·孟浩然

移舟泊烟渚，日暮客愁新。
野旷天低树，江清月近人。

评 注

烟渚，烟雾弥漫的小洲。

傍晚停舟，旅人客愁顿起。旷野辽远，天幕低垂下来，仿佛与远方的树木相连。这个景象与孟浩然的另一句诗"天边树若荠"很是接近。月亮渐渐出来，投映在清澈的江水之中，陪伴着孤寂的旅人。

全篇文体省净，殆无长语，语少而意远，清思入骨，情景交融，盛唐诗兴象玲珑、无迹可寻的神韵在这里展露无遗。

鹊踏枝

○ 五代南唐 · 冯延巳

梅落繁枝千万片。犹自多情，学雪随风转。昨夜笙歌容易散。酒醒添得愁无限。　　楼上春山寒四面。过尽征鸿，暮景烟深浅。一晌凭栏人不见。鲛绡掩泪思量遍。

这首词写出了所有有情之生命面临无常之际遇的缠绵哀伤，这正是人世千古共同的悲哀。人事有代谢，花草会凋零，随风飞舞不肯落地成泥的梅花，就仿佛人们对好景好事无端消逝的不舍与挽留，一片深情之中透露出现实的残酷和无奈。

8

浣溪沙

◎ 北宋·苏轼

　　细雨斜风作晓寒。淡烟疏柳媚晴滩。入淮清洛渐漫漫。　　雪沫乳花浮午盏，蓼茸蒿笋试春盘。人间有味是清欢。

评　注

　　雪沫乳花，烹茶时上浮的白沫。蓼（liǎo）茸，蓼菜的嫩芽。

　　苏轼是一个极懂得享受生活的人，他能从寻常事物中体验到异于常人的美好。斜风细雨，春日迟迟，烹一盏好茶，煮几味新鲜时蔬，便能吟出"人间有味是清欢"这样令人悠然神往的句子来。想想他在远谪惠州时写下的"饱吃惠州饭，细和渊明诗"，我们便能知道这位伟大的文豪是以何等陶然洒脱的态度去面对风雨交加的生活了。

水调歌头五首·春日赋示杨生子掞 其一

◎ 清·张惠言

　　东风无一事，妆出万重花。闲来阅遍花影，唯有月钩斜。我有江南铁笛，要倚一枝香雪，吹彻玉城霞。清影渺难即，飞絮满天涯。　　飘然去，吾与汝，泛云槎。东皇一笑相语，芳意在谁家。难道春花开落，更是春风来去，便了却韶华。花外春来路，芳草不曾遮。

元·王冕　墨梅图（局部）

　　张惠言有一组五首的《水调歌头》，是写给他的学生杨子掞的，词写春事，却蕴含着儒家义理。

　　词的开头写春日花开，斜月下照，是极为轻微美妙的意境。而"江南铁笛"的形象妩媚清刚兼而有之，这一形象正是词中"我"的品质。我倚着梅花吹起铁笛，笛声高遏云霞，仿佛一种竭力的追寻。但是理想总有落空之苦，故云"渺难即"。

　　下片恰似老师对学生的勉励：春天那芳芳美好的生命就此失落了吗？不，芳草不曾阻断春来之路，春天并没有离去，它就在你的眼前。这是一种"我欲仁，斯仁至矣"的见道之言。

11

鈞團晚果楊家法盡滿
亦心雪壓腰何礙傷人
喚作杏向他杏得东清
標　山題

吾家洗研池頭樹箇箇
華開澹墨痕不要人
誇好顏色只流清氣
滿乾坤王冕元章為
良佐作

春　思

○ 唐·李白

燕草如碧丝，秦桑低绿枝。

当君怀归日，是妾断肠时。

春风不相识，何事入罗帏。

评　注

　　燕地的纬度比秦地要高，气候寒冷，植物生长得慢。因此燕地的春草方如细小绒丝之时，秦地的柔桑已经垂下绿色的枝条。春季植物萌动，但纬度不同的地段早晚有异。就像天涯游子和闺中思妇，一个客游多时，方动怀归之意，却不知另一个已经念念在兹、相思肠断了。诗的前四句用绝妙的比兴写出了女子思君之切，可谓温厚蕴藉。

　　春光骀荡，百物畅情怡悦，而良人既在天涯，我又有何心情玩赏这大好春光？春风入帷，适见我形单影只罢了。花无人戴，酒无人劝，醉也无人管，要此春风何用？后二句亦可谓沉痛之极。

14

清·冷枚　春阁倦读图

南宋·佚名　清溪风帆图页

卜算子·送鲍浩然之浙东

北宋·王观

水是眼波横，山是眉峰聚。欲问行人去那边，眉眼盈盈处。　　才始送春归，又送君归去。若到江东赶上春，千万和春住。

评　注

眼号秋波，眉号春山。古人以山水形容俏丽的眉眼，此处却以俏丽的眉眼来形容山水，春日之温柔妩媚一时形象可感。眉眼盈盈之处便是山水相依之处，也便是"行人"的去向，自然点出送别之意。词的下片将送人与送春两种情绪打并一处，丰富了全篇的意蕴，更添惆怅缠绵之感。全词浅白生动，清畅可喜。送别的殷殷情意也在春日的山水中显得格外温润，惜春与别人两种情怀已是融会不可区分了。

逢入京使

唐·岑参

故园东望路漫漫，双袖龙钟泪不干。
马上相逢无纸笔，凭君传语报平安。

评 注

龙钟，流泪的样子。

古代交通通讯不便，宦游之中遇见一位去往家乡的人，那是十分难得的事。诗人想起远在长安的家园，一时泪流满面。彼此各有前途，相逢如此匆匆，只有托对方传一个平安口信给家人，聊慰客中思念。这首诗文辞质朴而亲切有味，"马上相逢无纸笔，凭君传语报平安"二句尤为真切。这首诗被誉为"客中绝唱"，便是因为道出了"人人心中所有，人人笔下所无"的普遍情绪。

人日思归

◎ 隋·薛道衡

入春才七日，离家已二年。
人归落雁后，思发在花前。

评　注

　　人日，农历正月初七。

　　这首小诗前两句平平，不过交代了时令和心情。思归，早已是诗歌中数见不鲜的主题了。妙在后两句匠心巧运：薛道衡是北人，时在江南为官，入春以后大雁北归，春花待发，他不能像大雁一般早早还乡，而思归之情却早在江南花开之前就暗暗萌发了。"前"与"后"的巧妙对比情思别致，情动之早，人归之迟，将思乡情烈却身不由己的心绪抒写得真挚自然。

望海潮四首 其三

北宋·秦观

梅英疏淡，冰澌溶泄，东风暗换年华。金谷俊游，铜驼巷陌，新晴细履平沙。长记误随车。正絮翻蝶舞，芳思交加。柳下桃蹊，乱分春色到人家。　　西园夜饮鸣笳。有华灯碍月，飞盖妨花。兰苑未空，行人渐老，重来是事堪嗟。烟暝酒旗斜。但倚楼极目，时见栖鸦。无奈归心，暗随流水到天涯。

评 注

澌（sī），流水。

梅花开，冰雪融，早春时节，追忆旧游。这首词通篇看来，是以乐写哀的手法。上片写旧游之盛与春色之浓。"乱"字尤其思路幽绝，极写繁花烂漫之态。下片念及物是人非，遂于烂漫春光中渐渐注目栖鸦、流水等衰飒物象。秦观的词文辞华赡，清俊疏朗，此处可见一斑。

清·胡湄　鹦鹉戏蝶图

春 雨

○ 唐·李商隐

怅卧新春白袷衣，白门寥落意多违。
红楼隔雨相望冷，珠箔飘灯独自归。
远路应悲春晼晚，残宵犹得梦依稀。
玉珰缄札何由达，万里云罗一雁飞。

评 注

袷（jiá）衣，即夹衣。晼（wǎn）晚，太阳将落山的样子。玉珰（dāng），古人常以玉珰为定情信物，寄信时作为礼物附寄。

李商隐的很多诗歌都以朦胧婉约、难以索解著称。从这首诗中，我们能读出的只是一种凄迷怅惘的相思之情，至于所思者谁，所念者何，俱无从得知。有人甚至以为此诗有政治上的寓意，但既然难以指实，不若以意求之。

一身白衣，新春独卧，这已经是很有故事的一幅画面，何况红楼细雨，怅怅独归。打湿在雨中的梦境，以及寄托着相思的飞雁，均带有一种轻灵飘忽的感觉。前人评价这首诗是"以丽语写惨怀"，果然悲哀至极却又凄美至极。

南宋·佚名　层楼春眺图页

明·佚名　上元灯彩图（局部）

青玉案 · 元夕

○ 南宋 · 辛弃疾

东风夜放花千树。更吹落、星如雨。宝马雕车香满路。凤箫声动，玉壶光转，一夜鱼龙舞。　蛾儿雪柳黄金缕。笑语盈盈暗香去。众里寻他千百度。蓦然回首，那人却在，灯火阑珊处。

评　注

蛾儿、雪柳、黄金缕，均指当时妇女元宵节佩戴的头饰。

元宵赏灯，自古有之。这首词上片写流光溢彩的灯市，极繁华热闹之能事。下片却在万千佳丽之中出现了一个寂寞幽独的形象。"众里寻他千百度"几句，历来有不同的解读。我们可以将"他"理解为词人追寻的对象，也可以理解为"众人皆醉我独醒"的词人本身。近代学者王国维以之为"古今之成大事业、大学问者"的最高境界，便是从中体会到了"苦苦求索，一朝顿悟"的感觉。这首词虽然艳丽，却带有辛词雄劲飞舞、一气贯注的本色，非常值得玩味。

浣溪沙

◎ 北宋·秦观

　　漠漠轻寒上小楼。晓阴无赖似穷秋。淡烟流水画屏幽。　　自在飞花轻似梦，无边丝雨细如愁。宝帘闲挂小银钩。

评　注

　　这是一首精巧淡雅的小令，写春阴时节闺中女子的闲愁。词中的一切物象都是纤细轻微的：轻寒、淡烟、飞花、丝雨。可见秦观敏锐细腻的词心。如此端丽闲雅的境界，却并无具体的人事可言。我们能感受到的，只是一种漫漫长日、百无聊赖的情绪。这种无情人世间的空虚寂寞之感，自然不独闺中女子有之。

江城子·乙卯正月二十日夜记梦

◎ 北宋·苏轼

十年生死两茫茫。不思量。自难忘。千里孤坟，无处话凄凉。纵使相逢应不识，尘满面，鬓如霜。　　夜来幽梦忽还乡。小轩窗。正梳妆。相顾无言，惟有泪千行。料得年年肠断处，明月夜，短松冈。

评　注

乙卯年的这一天，苏轼梦见亡妻，写下了这首令人落泪的词。

"纵使相逢应不识"道尽绝望的思念与天人永隔之后的人世沧桑：我们都知道"相逢"是绝不可能的，而即便相逢，两人也已在无情岁月的消磨中模糊了面貌。此之谓"加一倍法"。

在梦中，妻子如生前一样对镜梳妆，两人只有默默流泪，谁也不敢打破这梦境。梦境自然是飘忽易逝的，余生所剩，都是无可排遣的浩浩愁思。

旷达洒脱的苏轼，也有如许深情。

答丁元珍

o 北宋 · 欧阳修

春风疑不到天涯，二月山城未见花。
残雪压枝犹有橘，冻雷惊笋欲抽芽。
夜闻归雁生乡思，病入新年感物华。
曾是洛阳花下客，野芳虽晚不须嗟。

评　注

　　这是欧阳修被贬为峡州夷陵县令时酬答丁元珍的诗。"春风疑不到天
涯"当是诗人远谪边地产生的心理上的错觉，以诗意的想象含蓄道出贬所
之苦。其实不过是春寒料峭，花尚未开而已。虽然如此，残雪冻雷之下却
有顽强的生命在生长，让人看到不屈的生机。欧阳修曾身居高位，在洛阳
看尽繁花，此刻"野芳"尚且未开，这种差距不可谓不悬殊，但他到底表
现出了"不须嗟"的豪迈洒脱之气。

28

春日忆李白

◎ 唐·杜甫

白也诗无敌，飘然思不群。
清新庾开府，俊逸鲍参军。
渭北春天树，江东日暮云。
何时一尊酒，重与细论文。

评 注

　　庾开府，北周诗人庾信，曾任开府仪同三司。鲍参军，南朝诗人鲍照，曾任荆州前军参军。

　　杜甫对李白有着一种来自心灵深处的理解与共鸣，他十分了解饮酒赋诗、飘然不群的李白拥有怎样的禀赋与天才。他用庾信、鲍照形容李白清新俊逸的诗风，用暮云、春树形容两人互相思慕的情状，流云一般难以捉摸的伟大诗人仿佛就在眼前。

　　不知道什么时候，我们能备上一壶酒，爽爽快快地谈论诗文呢？

天　涯

◦ 唐·李商隐

春日在天涯，天涯日又斜。
莺啼如有泪，为湿最高花。

评　注

　　李商隐一生沉沦下僚，常常辗转于各地幕府，与家人分离。"春日在天涯"，便是说自己身处漂泊之中。"天涯日又斜"，运用顶真，再次强调漂泊天涯之苦，更兼时近黄昏，情怀更恶。诗的后两句极具李商隐"无理有情"的特色。莺啼如何会有泪？那泪水又如何打湿了高枝上的花朵？这些看似毫无理绪的物象营造出一种飘荡摇曳的深情，不可遏止。而"高花"上的泪水，极度哀伤又极度美丽。

惜春好鸟恋高枝，尽日娇啼不自持。翅向绿房窥翠影，此情曾有几人知。布衣生

清·华嵒 高枝好鸟图

新　雷

○ 清·张维屏

造物无言却有情，每于寒尽觉春生。
千红万紫安排著，只待新雷第一声。

评　注

　　惊蛰标志着仲春时节的开始，寒尽春生，春雷始鸣，蛰伏过冬的动物
惊起活动。

　　清代诗人张维屏的这首小诗以"新雷"为题，写的便是这一时节的气
候变化，我们可以感受到诗中那种万物更新、满怀希望的气象。张维屏所
处的时代，正是社会剧烈变革的前夕，他这样敏锐地抒写变化与更新，与
时代气息的渐染不无关系。

春江花月夜二首 其一

暮江平不动，春花满正开。
流波将月去，潮水带星来。

　　《春江花月夜》是乐府旧题，最为人所熟知的当是唐代诗人张若虚的长篇。隋炀帝杨广的这一首虽然短小，但意境佳胜，寥寥二十字之中，春、江、花、月、夜无不兼备，而不着斧凿痕迹，可谓羚羊挂角，无迹可寻。江面上水波不兴，江岸边春花环绕，一个"满"字将春花之盛形容曲尽，"将"与"带"又描画出星月的璀璨光芒随着流水溶溶流动。静谧而清丽的景色犹如诗境一般浑融流转。

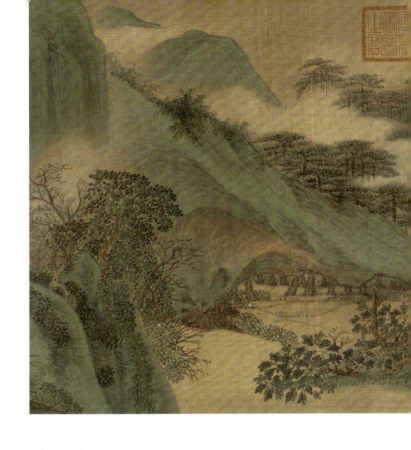

送　别

◦ 唐·王维

山中相送罢，日暮掩柴扉。
春草年年绿，王孙归不归。

明·吴历　云白山青图

评　注

　　"王孙游兮不归，春草生兮萋萋"，《楚辞》所开创的"春草王孙"的离情别意屡屡出现在后世诗文当中。这首写送别的小诗将有信之春草与无定之归期对比，熟典所带来的厚重感与巧思安排所带来的新鲜感相互交织，情意盎然。

玉楼春·春景

○ 北宋·宋祁

　　东城渐觉风光好。縠皱波纹迎客棹。绿杨烟外晓寒轻，红杏枝头春意闹。　　浮生长恨欢娱少。肯爱千金轻一笑。为君持酒劝斜阳，且向花间留晚照。

评 注

　　縠（hú）皱，绉（zhòu）纱似的皱纹，比喻水波。

　　"红杏枝头春意闹"的"闹"字以锤炼精当著称，宋祁也因此获得"红杏尚书"的美誉。这首词的上片确能描画出春天生机盎然、花木欣欣向荣的气象。

　　词的下片是要纵情欢乐，不负春光。那一掷千金、持酒相劝的场面，能给人以非常直接的感染。人生实多苦难，谁不想把握大好春光，风流潇洒、淋漓痛快一回呢？

临江仙 · 送钱穆父

○ 北宋 · 苏轼

　　一别都门三改火，天涯踏尽红尘。依然一笑作春温。无波真古井，有节是秋筠。　　惆怅孤帆连夜发，送行淡月微云。尊前不用翠眉颦。人生如逆旅，我亦是行人。

评　注

　　三改火，古人钻木取火，四季用不同的木材，遂称"改火"，此处指三年。

　　苏轼与友人久别重逢，短暂相聚之后又要离别。这首词本是送别友人的，然而送到最后，主人亦是行人。天地既是万物之逆旅，你我俱行于大化之中，根本无甚分别，自然也就不用为远行而蹙眉了。写送别写到如此地步，可谓"出新意于法度之中，寄妙理于豪放之外"。

鹧鸪天·代人赋

○ 南宋·辛弃疾

陌上柔桑破嫩芽。东邻蚕种已生些。平冈细草鸣黄犊，斜日寒林点暮鸦。　　山远近，路横斜。青旗沽酒有人家。城中桃李愁风雨，春在溪头荠菜花。

评 注

　　辛弃疾是一位风格多样的大词人，或壮怀激烈，或温柔妩媚，或清新自然，无不曲尽其妙。

　　这首小词写春日乡村风光。上片的桑蚕、黄牛都是田家本色，然而在词人眼中，寻常风景自然别饶诗意。此词作于稼轩去官隐居之时，他在乡间暂得闲适，饱览春光。但是"寒林暮鸦"、"愁风雨"还是透露出了愁苦之音，可见稼轩对国家命运的忧虑无时或忘。词的结尾是全篇精神所在，"春在溪头荠菜花"，展示了丰盈的生机与顽强的希望。

清·方琮　山水十开（一）

曲江二首　其一

○ 唐·杜甫

一片花飞减却春，风飘万点正愁人。
且看欲尽花经眼，莫厌伤多酒入唇。
江上小堂巢翡翠，苑边高冢卧麒麟。
细推物理须行乐，何用浮名绊此身。

评　注

春光易逝、及时行乐的主题数见不鲜，而杜甫这一首，当以"伤多"为诗眼。

首联蕴含丰盈充沛的情意：一片花飞，在敏锐的诗人眼中已经标志着春天的消逝，何况风飘万点？梁启超称杜甫为"情圣"，就是指这种潜气内转中顿挫的深情。

身经乱离的杜甫在曲江池畔看到飞逝的春花，看到沧桑变化的旧迹，无可奈何之下只有劝解自己及时行乐，然而无穷伤感究竟是遮掩不住的。

临安春雨初霁

○ 南宋·陆游

世味年来薄似纱，谁令骑马客京华。
小楼一夜听春雨，深巷明朝卖杏花。
矮纸斜行闲作草，晴窗细乳戏分茶。
素衣莫起风尘叹，犹及清明可到家。

评 注

　　细乳，沏茶时水面上的白色浮沫。分茶，宋时烹茶之法。
　　这首诗是陆游晚年所作，金戈铁马的壮志已消磨为百无聊赖的闲情。
诗的开头就表达了对官场世事的厌倦之感。颔联是千古传颂的名句，玲珑
明媚的江南春意，令人神往。然而独处小楼的诗人，听雨时的心情自必是
孤独的。陆游做着写字烹茶的闲事，却仍然生出了白沙在涅的忧惧和早日
还家的愿望。

鹊踏枝

○ 五代南唐·冯延巳

谁道闲情抛弃久。每到春来，惆怅还依旧。日日花前常病酒。不辞镜里朱颜瘦。　　河畔青芜堤上柳。为问新愁，何事年年有。独立小楼风满袖。平林新月人归后。

评　注

　　冯延巳善写千回百转、缠绵悱恻的春愁。这首《鹊踏枝》句句顿挫，一收一放之间情致宛然。

　　每到春天，便有抛掷不开的惆怅。愁多令人消瘦，但"日日"与"不辞"之中却是一种执着不回的深情。小楼独立，风月相侵，这种"情不知所起"的形象可以装进许许多多类似的心情，引起广泛的共鸣。

南宋·佚名　玉楼春思图页

绝 句

○ 南宋·释志南

古木阴中系短篷，杖藜扶我过桥东。
沾衣欲湿杏花雨，吹面不寒杨柳风。

评 注

杖藜（lí），藜木制成的手杖。

　　这首诗是一位僧人所作。诗的前两句写他系船水边，拄杖闲步，恬淡适意之中微露孤寂之感。后两句敏锐地描绘出春日里微风细雨那种细腻温和的感觉。"欲湿"可见雨小，"不寒"可见风柔。"杏花雨"、"杨柳风"造语清新而自然贴切，更见舒缓之致。这两句体物细而用笔巧，可谓"能感之"又"能写之"，历来为人称赏。

44

清　明

◎ 北宋 · 王禹偁

无花无酒过清明，兴味萧然似野僧。
昨日邻家乞新火，晓窗分与读书灯。

评　注

　　清明是春光骀荡、饮酒观花的好时节，这首诗表达的却是与世长违的志趣。诗人既不赏花，也不饮酒，兴味萧然犹如出家修行的僧人。寒食节在清明之前，有禁烟火、吃冷食的习俗。清明既过，自然可以解禁。常人以火烹食，这原是最具人间烟火气的场景。然而诗人借了火种来，却是要点灯读书的，可想其寂寞茕独之状。全诗弥漫着一种淡泊枯寂的味道，诗人的这种心境很像朱自清先生的"热闹是他们的，我什么也没有"。

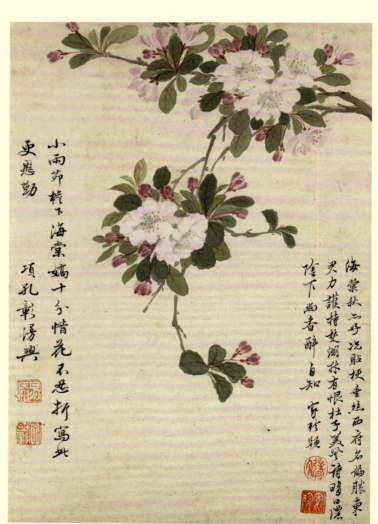

小雨莎楮下海棠嬌十分惜花不恐折寫此更慇懃

項孔彰湯興

海棠秋二好況貼梗更益西府名偁滕東靈力讚持楚洞孫有恨杜子美墨暗日濃偐下幽香醉自知家枝題

海　棠

◎ 北宋·苏轼

东风袅袅泛崇光，香雾空蒙月转廊。
只恐夜深花睡去，故烧高烛照红妆。

评　注

崇光，繁盛的春光。

在歌咏海棠的名篇中，这首诗造语工，用意新，可谓脍炙人口。娇媚的海棠在春光下明艳动人，当月上清霄的时候，海棠便笼罩在朦胧的月色之中，暗香幽幽，氤氲如雾。苏轼恐怕海棠在深夜里睡去，闭合不开，竟想到点了蜡烛来给它照明。这个带着几分童心痴意的描写历来被视作惜花的妙笔，大文豪天真有趣的心地也可见一斑。

47

乌夜啼

五代南唐·李煜

　　林花谢了春红。太匆匆。无奈朝来寒雨晚来风。　　胭脂泪，留人醉，几时重。自是人生长恨水长东。

评　注

　　王国维在《人间词话》中说："主观之诗人，不必多阅世。阅世愈浅，则性情愈真，李后主是也。"李煜的词往往直接浅白，热烈动人，纯任感情自然流溢，这首《乌夜啼》便是典型的代表。全词几乎都是口语般的陈述与感叹，却有直击人心之效。春花凋谢，"太匆匆"便是词人发自肺腑的一句惋叹。往昔的美好春光不知几时再得，词人便以"自是"二字传达出一种极深刻极沉痛的体悟：如同春光易逝流水长东一般，人生的苦难与无奈也是与生俱来、无可避免的。

思帝乡

○ 唐·韦庄

　　春日游。杏花吹满头。陌上谁家年少，足风流。　　妾拟将身嫁与，一生休。纵被无情弃，不能羞。

　　这首词生动地刻画了一个少女大胆热烈追求爱情的心理。与一般古代女性的含蓄不同，词中少女对爱慕之人的欣赏、对自己心意的剖白，均以斩钉截铁的口吻直接说出，爽利如北朝乐府。叶嘉莹先生在《灵谿词说》中评价道："词中所写虽为男女爱悦之辞，然其倾心相许、至死无休之专注殉身之精神，除感情劲直真切外，更能以深挚感人；由小可以见大，因微可以知著，佳处即在能以挚情使人感发，此亦为韦庄词之一大特色。"从小词中看出更深的境界，为我们欣赏词作开拓了另一种思路。

水龙吟·次韵章质夫杨花词

○ 北宋·苏轼

　　似花还似非花，也无人惜从教坠。抛家傍路，思量却是，无情有思。萦损柔肠，困酣娇眼，欲开还闭。梦随风万里，寻郎去处，又还被、莺呼起。　　不恨此花飞尽，恨西园、落红难缀。晓来雨过，遗踪何在，一池萍碎。春色三分，二分尘土，一分流水。细看来不是，杨花点点，是离人泪。

评　注

　　东坡的杨花词是集中名作，亦情亦物，一任神行。全词抓住杨花轻盈飘忽、零落无主的特质，与闺怨之情打并一处，体物细，用情深。尤其是"春色三分"以下，新奇而贴切。次韵之作能有如此圆融无碍境界，东坡不愧大家。

明·沈周　落花诗意图

望江南·暮春

○ 北宋·苏轼

　　春未老，风细柳斜斜。试上超然台上望，半壕春水一城花。烟雨暗千家。　　寒食后，酒醒却咨嗟。休对故人思故国，且将新火试新茶。诗酒趁年华。

评　注

　　超然台，苏轼知密州时所修台名。

　　苏轼在去国怀乡之中常常兴致盎然，陶醉于优美的景致。偶尔兴起一点点悲感嗟叹，立刻能以雅兴开解。他的词妙语如珠，当我们读到"休对故人思故国"这几句时，那个"依然一笑作春温"的亲切可爱的苏子如在目前。

江城子三首 其一

◎ 北宋·秦观

　　西城杨柳弄春柔。动离忧。泪难收。犹记多情，曾为系归舟。碧野朱桥当日事，人不见，水空流。　　韶华不为少年留。恨悠悠。几时休。飞絮落花时候、一登楼。便做春江都是泪，流不尽，许多愁。

評　注

　　这首小词特别能体现秦观作为婉约派词宗的特点，清丽纤柔，宛转凄恻。词的上片由杨柳起兴，柔软的枝条挽不住离人的轻舟，却能牵动离人的轻愁。当日佳期如梦，此际空余流水，思之万般惆怅。过片由物是人非写去，极言此一段离愁。后三句与李煜的"问君能有几多愁，恰似一江春水向东流"同一比喻，都是说愁之极致。

清·高其佩　指画·竹溪

定风波

北宋 · 苏轼

莫听穿林打叶声。何妨吟啸且徐行。竹杖芒鞋轻胜马。谁怕。一蓑烟雨任平生。　　料峭春风吹酒醒。微冷。山头斜照却相迎。回首向来萧瑟处。归去。也无风雨也无晴。

评　注

这首词是历来传颂的名篇，只是以十分口语化的词句直道眼前之事，却蕴含着苏轼可贵的人生哲学。他在"同行皆狼狈"的大雨之中吟啸徐行，丝毫不以为意。待到雨过天晴之时，风雨俱成往事。正如人生常有难以预料的苦难，无论当时何等艰难，事过之后再回首，便觉殊不足道。既然如此，何不学苏子放宽心怀，笑对风雨？

天仙子

○ 北宋·张先

　　水调数声持酒听。午醉醒来愁未醒。送春春去几时回，临晚镜。伤流景。往事后期空记省。　　沙上并禽池上暝。云破月来花弄影。重重帘幕密遮灯，风不定。人初静。明日落红应满径。

　　春事堪伤，又兼词人多病，情怀自然不乐。饮酒听歌，歌声也是掩不过愁心去的。内容虽常见，词人却以巧妙的匠心写出了新意。先是时间上行云流水般的推进：听歌、午醉、晚景、忆往、夜来、明日，不唯此际伤春，前尘明日，莫不堪伤，语淡而情深。"破"、"弄"等词的运用，更将云月花影、上下斑驳之貌写得生动细致。王国维说："着一'弄'字而境界全出。"是此词造境之妙。

浣溪沙

◎ 北宋·晏殊

一向年光有限身。等闲离别易销魂。酒筵歌席莫辞频。　　满目山河空念远，落花风雨更伤春。不如怜取眼前人。

评　注

岁月不居，年华易逝，何况碌碌劳生中又常有不如意事，无怪乎人们总想借酒浇愁、及时行乐。词的下片发人深省：触摸不到的"满目山河"、挽留不住的"落花风雨"已经是无法改变的了，索性伴着眼前的歌儿舞女暂寻一乐，忘却烦恼。我们是否能以"读者之用心"，从"不如怜取眼前人"这一句中，读出一些面对现实、把握当下的味道呢？

山中问答

◦ 唐·李白

问余何事栖碧山，笑而不答心自闲。
桃花流水窅然去，别有天地非人间。

春来遍是桃花水
不辨仙源何处寻
倣赵承旨设色法

评 注

窅（yǎo）然，幽深遥远的样子。

山水之乐，在热爱自然的诗人眼中，正如
"只可自怡悦，不堪持赠君"的白云，是无法分享
给旁人的。李白"一生好入名山游"，然而面对
"何事栖碧山"这样的问题，他也无法回答山林
之趣何在。或许，飘逸的落花、潺潺的流水，就
是最好的答案。诗人的"笑而不答"令人联想到
世尊拈花、迦叶微笑之灵机，正如李白不落尘俗
的谪仙气质。全诗不假思索，自成天籁，语淡而
意浓。

清·王翚、王时敏　仿古山水图册·桃花春水

清·张若澄　燕山八景图册·居庸叠翠

水龙吟

　　落花飞絮茫茫，古来多少愁人意。游丝窗隙，惊飙树底，暗移人世。一梦醒来，起看明镜，二毛生矣。有葡萄美酒，芙蓉宝剑，都未称、平生志。　　我是长安倦客，二十年、软红尘里。无言独对，青灯一点，神游天际。海水浮空，空中楼阁，万重苍翠。待骖鸾归去，层霄回首，又西风起。

评 注

　　惊飙（biāo），大风。二毛，头发有黑白两色。骖（cān）鸾，指仙人驾驭鸾鸟。

　　文廷式是晚清名臣，积极有为，然而在内忧外患之下，他的理想并未实现。这首词便是表达时光空逝、壮志未酬的感慨。词中追念平生，万重悲感，极吞吐顿挫之致。

草螟迷平野岳横叢
古堤斜陽人似渡船光
满前溪七岳冬巾辱斷至
经今六年巽夏李程自选索
髙二岳中五昌元人偽
清曲遒方蕃而空之不能
寄于笔茅吴刻以扣酬而
經彘王息恃見于扉見間六
九兴砼绵杉听好沈福辇情
辛卯界田柏ニ子湿丛笑给子
居延戊年錦月五春七代
印

清 · 查士标 山水图

蝶恋花·暮春别李公择

北宋·苏轼

　　簌簌无风花自堕。寂寞园林，柳老樱桃过。落日多情还照坐。山青一点横云破。　　路尽河回千转舵。系缆渔村，月暗孤灯火。凭仗飞魂招楚些。我思君处君思我。

　　楚些，《楚辞·招魂》中多以"些"（suò）为句末助词，后以"楚些"为《楚辞》或《招魂》的代称。

　　暮春之际，就算无风，花也到了凋落的时节。这种无可奈何、无从挽回的离去，正如人间不得不面对的离别。下片前三句有"念去去、千里烟波"的感觉，而楚些招魂，更是对友人强烈的思念。苏轼写离别常常把双方放在对等的位置，并无主客之分，如"我思君处君思我"，就像他的"人生如逆旅，我亦是行人"一般，感情是流动的、共鸣的。

摸鱼儿

◎ 南宋·辛弃疾

更能消、几番风雨。匆匆春又归去。惜春长怕花开早，何况落红无数。春且住。见说道、天涯芳草无归路。怨春不语。算只有殷勤，画檐蛛网，尽日惹飞絮。　　长门事，准拟佳期又误。蛾眉曾有人妒。千金纵买相如赋。脉脉此情谁诉。君莫舞。君不见、玉环飞燕皆尘土。闲愁最苦。休去倚危栏，斜阳正在，烟柳断肠处。

明·陈淳　花卉图

评　注

　　这首词以春愁写家国之忧与身世之感。上片写景。风雨摧折，落红无数，然而那只殷勤结网、试图挽留春天的蜘蛛，却让我们看到一个"知其不可而为之"的可敬形象。下片用事。以蛾眉见妒的陈皇后为君子，以玉环、飞燕为小人，隐晦地表达对朝政的不满。辛词用典之妙，在于融会古典自出新意，此处正是一例。词中写落花美人，以惜春为表，而词人对国家命运的忧虑之心清晰可见。夏承焘先生以"肝肠似火，色貌如花"八字为评，最能见其神韵。

65

夏

叶上初阳干宿雨。水面清圆,

一一风荷举。

——周邦彦《苏幕遮》

初夏绝句

○ 南宋·陆游

纷纷红紫已成尘，布谷声中夏令新。
夹路桑麻行不尽，始知身是太平人。

评 注

　　春花凋落，布谷鸟的叫声标志着夏天的到来。此诗前二句写时令的
变换，红紫成尘之语给人前尘若梦之感，不知蕴含多少沧桑往事。诗人
看到路边种有桑麻的农田，想起丰衣足食的太平盛世。陆游生当南宋国势
渐衰之时，或许乱世之中能有偷安的一隅，或许这只是诗人的一种美好向
往。不过我们可以看到，这位忧国忧民的诗人对生民安乐的太平景象是何
等念兹在兹，那该是他戎马生涯之中最殷切的渴盼。

诏问山中何所有赋诗以答

○ 南朝·陶弘景

山中何所有，岭上多白云。
只可自怡悦，不堪持赠君。

评 注

　　陶弘景是南朝的隐士，当皇帝征召他出山做官的时候，他写下了这首小诗。山中到底有什么好处，让诗人流连不愿离去？只是有很多白云罢了。山中的白云，如同清风明月一般，都是"耳得之而为声，目遇之而成色"之物，自有天机妙悟之人可以欣赏。这份美感却不是可以分享的，只有身临其境，才能真正享受到大自然的馈赠。"不堪持赠君"这一句，既有自得之意，又有孤独之感，表达了对帝王征召的拒绝，也表现出陶弘景作为一名隐士的高洁志向。

闲居初夏午睡起

○ 南宋·杨万里

梅子留酸软齿牙，芭蕉分绿与窗纱。
日长睡起无情思，闲看儿童捉柳花。

梅子留酸，芭蕉分绿，从味道与颜色写初夏景物，可谓活色生香。"留"和"分"都是主观性很强的动词，在诗人天真的眼光里，梅子与芭蕉就是活泼泼的生命。夏日午后多给人慵懒无聊的印象，可诗中却有追逐柳花的儿童，充满了动感与童趣。整首诗扣题自然而贴切：前二句写初夏景物，能细细体会梅子之味、芭蕉之色，暗示"闲居"；第三句扣"午睡起"，有暇午睡，再次暗示"闲居"；第四句写午睡起来所见。新巧的思路，从容不迫的叙述，是本诗最大的妙处。

明·仇英　人物故事图册·捉柳花图

临江仙·夜归临皋

◎ 北宋·苏轼

　　夜饮东坡醒复醉，归来仿佛三更。家童鼻息已雷鸣。敲门都不应，倚杖听江声。　　长恨此身非我有，何时忘却营营。夜阑风静縠纹平。小舟从此逝，江海寄余生。

评　注

　　东坡这首词作于黄州贬所，相传当时的黄州太守见之大惊，以为东坡要连夜渡江逃走，急往看视，却见东坡正自高卧，鼾声如雷。思之令人解颐。

　　无论东坡在饮酒听涛之时心中翻起了多少波澜，最终都已归于平静。他最善与环境、与自己达成和解，即便结庐人境，亦可心在江海。

浣溪沙

◎ 近代 · 王国维

　　山寺微茫背夕曛。鸟飞不到半山昏。上方孤磐定行云。　　试上高峰窥皓月，偶开天眼觑红尘。可怜身是眼中人。

评　注

　　觑（qù），看。

　　王国维词善于表现哲人的思致。这首《浣溪沙》上片是对一种出世的高超境界之向往，下片首句"试上高峰窥皓月"写对此境界之努力追求，次句"偶开天眼觑红尘"写对此尘世之不能忘情，末句"可怜身是眼中人"则是自哀哀人。哲人的悲悯投射到自己身上，发现自己与尘世中人无异，这种清醒无疑使自己更加痛苦。

若复不快
飲空負頭
上巾但恨多
謬誤岩當
姹醉人

清·石涛　渊明诗意图册（三）

读《山海经》十三首　其一

○ 东晋·陶渊明

孟夏草木长，绕屋树扶疏。

众鸟欣有托，吾亦爱吾庐。

既耕亦已种，时还读我书。

穷巷隔深辙，颇回故人车。

欢言酌春酒，摘我园中蔬。

微雨从东来，好风与之俱。

泛览周王传，流观山海图。

俯仰终宇宙，不乐复何如。

　　陶渊明发自内心地热爱着耕读生活，他的诗歌里清晰地传达了"托身已得所"的归属感与满足感。

　　在草木阴阴的夏日，他干完农活回到居所，那是一个幽僻无人访的地方。就着自种的蔬菜，小酌微醺之后取出书来读，"泛览"与"流观"都是很随意的样子，可见诗人不是以读书为进身之阶，而是"好读书不求甚解"。这种闲适的快乐真是令人羡慕。

行　宫

◎ 唐·元稹

寥落古行宫，宫花寂寞红。
白头宫女在，闲坐说玄宗。

评　注

　　深宫之中自开自落无人欣赏的花朵，让人想到那些年老宫女红颜白发的悲哀。看似寻常的闲坐闲谈，映照出深宫生活的枯寂无聊。那些在宫中蹉跎岁月的女子，她们在说玄宗的什么？是回忆芳华正好时幸遇帝王的往事，还是抱怨久居深宫浪费了自己大好的青春？我们无从得知。这首小诗于平淡之中见深悲，道出宫女的无穷幽怨，且暗含盛衰之叹。

　　"玄宗末岁初选入，入时十六今六十。同时采择百余人，零落年深残此身。"白居易的《上阳白发人》以更为细腻的笔触描写宫女的悲哀，与此诗的语少意足各擅胜场。

初夏即事

○ 北宋 · 王安石

石梁茅屋有弯碕，流水溅溅度两陂。
晴日暖风生麦气，绿阴幽草胜花时。

碕（qí），弯曲的岸。

王安石的绝句被称为"半山体"，多写自然山水，优美清丽，时见理趣。这首写初夏景物的小诗极具"半山体"的特色。前二句描述曲岸边有石桥、茅屋，水声潺潺，流入两边的池塘，寥寥数语勾勒出安闲静谧的乡村风光。后二句写天气晴好，麦穗渐渐饱满，透出一股丰收的气息，虽无春日繁花，但草木清阴，别有动人之处。

王安石另有一首题为《题何氏宅园亭》的小诗："荷叶参差卷，榴花次第开。但令心有赏，岁月任渠催。"与此诗中的"绿阴幽草胜花时"表达了类似的心绪：只要有一双善于欣赏的眼睛，一年四季均堪寓目。

阮郎归·初夏

◎ 北宋·苏轼

　　绿槐高柳咽新蝉。薰风初入弦。碧纱窗下水沉烟。棋声惊昼眠。　　微雨过，小荷翻。榴花开欲然。玉盆纤手弄清泉。琼珠碎却圆。

评　注

　　诗词中的夏景往往以清凉幽静为主，在燥热的天气里，读之令人悠然神往。苏轼这首小词上片是静谧的，蝉声起到的正是"蝉噪林逾静"的作用。而闺阁中的少女能被轻微的棋声惊醒，室中的安静可想而知。词的下片却颇具动感。雨后荷叶翻卷，榴花开得明艳。"榴花开欲然"是从杜甫的"山青花欲燃"脱化而来，用在颜色娇红的榴花身上，更有画面感。少女掬水为戏，那水珠一时破碎，掉落下去又凝成了圆珠。写出这样清妙的句子，需要细腻敏锐的眼光与高超的技巧。

清·吴应贞　荷花图

少年行四首 其一

◎ 唐·王维

新丰美酒斗十千，咸阳游侠多少年。
相逢意气为君饮，系马高楼垂柳边。

评　注

新丰，古代美酒产地。

王维被称为"诗佛"，以山水田园诗著称，却也有如此豪气的作品。这首诗写游侠少年高楼饮酒的意气，疏狂洒脱，豪气干云。令人联想到贺铸那首声情激越的《六州歌头》："少年侠气，交结五都雄。肝胆洞。毛发耸。立谈中。死生同。一诺千金重。推翘勇。矜豪纵。轻盖拥。联飞鞚。斗城东。轰饮酒垆，春色浮寒瓮。吸海垂虹。"

每个人都有脱略形迹、任性自由的少年时光，看到诗中这句"相逢意气为君饮"，我们又会想到哪位朋友呢？

雨中登岳阳楼望君山二首　其二

◎ 北宋·黄庭坚

满川风雨独凭栏，绾结湘娥十二鬟。
可惜不当湖水面，银山堆里看青山。

评 注

　　这首诗是黄庭坚遭贬遇赦后所作，写的是登岳阳楼望君山的所见所感。首句便给人一种极高旷极孤独的感觉，风雨江山，斯人独立。次句写望见君山，将君山比作湘娥的十二髻鬟，由眼前之景联想到古代传说，更见秀丽瑰奇。后二句感叹如此美景，可惜没能到近处细细观看。"银山堆里"当指湖中的滔天白浪，措语奇俊。全诗风格爽朗，笔力雄健，洞庭湖君山岛的美丽风姿，在饱经忧患的诗人眼中带上了一份兀傲盘旋的骨力。

谒金门

◦ 清·史承谦

凉满院。雨后碧云齐卷。莲叶东西飞月浅。红妆窥半面。　　香气因人近远。随意曲栏凭遍。团扇先秋生薄怨。小池风不断。

评　注

　　这首词空灵静谧，温润秀洁。上片写雨后荷花的状貌，"卷"与"飞"勾勒出飞扬灵动的神韵，与尾句"小池风不断"暗相呼应。下片唤出景中人，"团扇先秋生薄怨"一句注入了浓烈的感情，清代词论家陈廷焯对这句词推扬备至，认为它"神似温韦语"，又指出"一'先'字，真深于怨者"。史承谦这首词确实颇具五代小令风味，置于温韦集中几不逊色。在词体经历了上千年的发展之后，尚能出此姿态天真的佳作，殊为不易。

清·谢荪　荷花图

女冠子二首 其一

○ 唐·韦庄

　　四月十七。正是去年今日。别君时。忍泪佯低面，含羞半敛眉。　　不知魂已断，空有梦相随。除却天边月，没人知。

评 注

　　此词上片追忆离别场景。四月十七，分别的日子记得这样清楚，可以想象是怎样刻骨铭心的感情。"尊前只恐伤郎意，阁泪汪汪不敢垂"，临别时女子勉强忍泪、娇羞低眉的情状楚楚动人。下片写别后相思。思断心魂，几番入梦，"不知"、"空有"语气沉痛无奈。说此情只有月知，口吻劲直斩截。这首词似冲口而出，不假雕饰，但深情款款，动人心旌。与温庭筠的含蓄精致不同，韦庄的很多词都像这样淋漓尽致，给人以直接的感动。

虞美人 · 逌堂睡起，同吹洞箫

○ 宋·叶梦得

绿阴初过黄梅雨。隔叶闻莺语。睡余谁遣夕阳斜。时有微凉风动、入窗纱。　　天涯走遍终何有。白发空搔首。未须锦瑟怨年华。为寄一声长笛、怨梅花。

评 注

　　这首词精致华美，闲雅端丽。词的上片写睡起，绿阴、黄梅雨、莺语、夕阳、微风，意象温和柔美。夏日昼寝，醒来已是夕阳西下，美好的时光就这样大把抛掷，这是一种多么令人欹美的奢侈。

　　不知是不是因为昼寝过长，下片兴起了对年华空掷的愁怨。明明是"怨年华"，却托言"怨梅花"。清人龚自珍诗云："偶赋凌云偶倦飞，偶然闲慕遂初衣。偶逢锦瑟佳人问，便说寻春为汝归。"都在感慨身世之时将真正的心事托言于无关的闲事，与此词下片用意相似。

乡村四月

○ 南宋·翁卷

绿遍山原白满川，子规声里雨如烟。
乡村四月闲人少，才了蚕桑又插田。

评 注

    乡村四月，草木葱茏，夏水新涨，声声子规寓示着春季已过，江南的雨季到来。这个时节的乡村少有清闲，采桑养蚕、水稻插秧，乡民们忙完这样忙那样，"才"和"又"以急促的节奏表现了农活应接不暇的情状。欣欣向荣、烟雨如织的美景，忙于农事的乡民只怕无心欣赏。不过以旁观者看来，这确是一幅清新自然的江南初夏村居图。此诗前二句颇具神韵，后二句则是农事繁忙的写实，繁忙之中透露出收获的欢欣。

有　约

○ 南宋·赵师秀

黄梅时节家家雨，青草池塘处处蛙。
有约不来过夜半，闲敲棋子落灯花。

　　这首诗前二句写江南梅雨季节的风物，雨声淅沥，蛙鸣阵阵，用的是以闹写静的手法；独坐倾听，万籁入耳，雨声蛙声反给人以静谧之感。第三句点题并说明情境：夜已深了，约好的友人却迟迟没来。棋子原是用来与友人手谈遣兴的，此刻却只能百无聊赖地用它敲击桌面，以致震落了灯花。

　　候人不至，心情往往是焦急的。这首诗却没有过多地流露出焦急之意，反能从独处之中体味出一种静观之美。

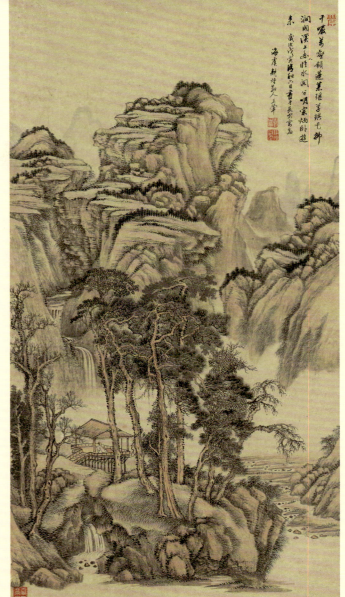

清·王翚 水阁幽山图

满庭芳 · 夏日溧水无想山作

◎ 北宋·周邦彦

风老莺雏，雨肥梅子，午阴嘉树清圆。地卑山近，衣润费炉烟。人静乌鸢自乐，小桥外、新绿溅溅。凭栏久，黄芦苦竹，拟泛九江船。　　年年。如社燕，飘流瀚海，来寄修椽。且莫思身外，长近尊前。憔悴江南倦客，不堪听、急管繁弦。歌筵畔，先安簟枕，容我醉时眠。

评　注

溧（lì）水，在今江苏南京。椽（chuán），屋梁。簟（diàn），竹席。

这首词是周邦彦被贬为溧水县令时所作，中有怨情，却不作愤激语，风格沉郁顿挫。词的开头清俊秀丽，能写江南夏日风神。无限清景中稍稍吐露"黄芦苦竹"的迁谪之苦。下片开始抒写个人身世之感，不过哀怨之中别饶蕴藉，以舒徐的笔触写眼前景心中事，将怨情淡化了。词的最后几句尤能给读者以逍遥容与的适意之感。

贺新郎·夏景

○ 北宋·苏轼

乳燕飞华屋。悄无人、桐阴转午，晚凉新浴。手弄生绡白团扇，扇手一时似玉。渐困倚、孤眠清熟。帘外谁来推绣户，枉教人、梦断瑶台曲。又却是，风敲竹。　　石榴半吐红巾蹙。待浮花、浪蕊都尽，伴君幽独。秾艳一枝细看取，芳心千重似束。又恐被、秋风惊绿。若待得君来向此，花前对酒不忍触。共粉泪，两簌簌。

评 注

这首词以闺怨为表，词中柔肠百转、寂寞幽独的女子可以视为一种人格的象征。有所思，有所待，又不肯轻易分付深心。"待浮花、浪蕊都尽，伴君幽独"这一句，可见热烈渴慕、执着坚贞的品格。

苏幕遮

○ 北宋 · 周邦彦

　　燎沉香，消溽暑。鸟雀呼晴，侵晓窥檐语。叶上初阳干宿雨。水面清圆，一一风荷举。　　故乡遥，何日去。家住吴门，久作长安旅。五月渔郎相忆否。小楫轻舟，梦入芙蓉浦。

评　注

　　溽暑，闷热潮湿的暑气。

　　周邦彦的词以典雅精工著称，这首小令却清新自然，别有风味。本是湿热的暑日，却因为词人安排的景物与思致，展现出圆融清幽的境界。"水面清圆，一一风荷举"二句，极能摹荷之风神。

　　词的下片漫起乡关之思，记忆中的家乡风物也是与荷相关的，与时下节令十分贴合。全词恬淡俊雅，风致绝佳。

贺新郎·端午

◎ 南宋·刘克庄

深院榴花吐。画帘开、练衣纨扇，午风清暑。儿女纷纷夸结束，新样钗符艾虎。早已有、游人观渡。老大逢场慵作戏，任陌头、年少争旗鼓。溪雨急，浪花舞。　　灵均标致高如许。忆生平、既纫兰佩，更怀椒糈。谁信骚魂千载后，波底垂涎角黍。又说是、蛟馋龙怒。把似而今醒到了，料当年、醉死差无苦。聊一笑，吊千古。

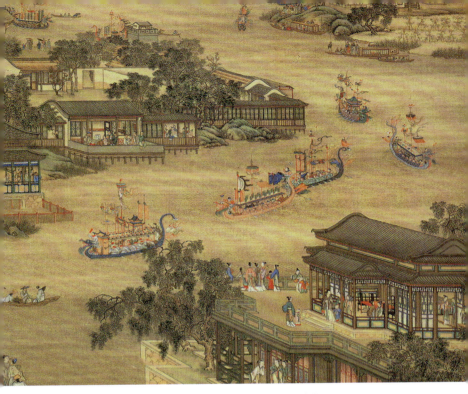

清院本　十二月令图册·龙舟竞渡(局部)

评　注

　　练（shū），一种粗布织物。钗符艾虎，端午节佩戴的饰品。糈（xǔ），
粮食。

　　这首词中包含了大量端午节的风俗，如：佩艾叶、赛龙舟、吃粽子、
纪念屈原。端午节的出现是在屈原之前，不过自屈原以后，纪念这位高洁
伟岸的诗人便成了端午节的重要内容之一。生于南宋末年的刘克庄眼见国
事日非，悲哀地表示，倘若屈原清醒地活到今日，倒不如一早醉死，免去
这份苦楚。词人以如此口吻凭吊屈原，对现实的失望可想而知。

93

终南别业

○ 唐·王维

中岁颇好道，晚家南山陲。
兴来每独往，胜事空自知。
行到水穷处，坐看云起时。
偶然值林叟，谈笑无还期。

评　注

　　王维最善写山居的静谧悠闲。这首诗通篇都透露出随性的味道：兴来而往，走到没有路的地方，便坐下来看云，偶然遇到林间的老者，便随意谈笑。"行到水穷处，坐看云起时"，于闲适之中蕴含哲理。就像东坡所言"行于所当行，止于不可不止"，这种达观知命、随所遇而能乐的心态甚为难得。

古诗涉江采芙蓉

○ 汉·无名氏

涉江采芙蓉，兰泽多芳草。
采之欲遗谁，所思在远道。
还顾望旧乡，长路漫浩浩。
同心而离居，忧伤以终老。

　　《涉江采芙蓉》是《古诗十九首》中的一首。从《楚辞》开始，中国诗就有"折芳馨兮遗所思"的传统。这首诗中的主人公折了芙蓉，所思念的人却在远方。他想起遥远的家乡，万水千山，不知何日是归时。诗的最后两句情意格外哀苦，那是一种绝望的感情：终其一生，恐怕都难与所爱的人团聚，只有怀抱忧伤，孤独终老。南朝的钟嵘评价《古诗十九首》说："文温以丽，意悲而远，惊心动魄，可谓几乎一字千金。"这首诗语淡情深，其动人心魄处确乎可谓"一字千金"。

采桑子十首 其五

◎ 北宋·欧阳修

　　何人解赏西湖好，佳景无时。飞盖相追。贪向花间醉玉卮。　　谁知闲凭阑干处，芳草斜晖。水远烟微。一点沧洲白鹭飞。

評　注

　　飞盖，指飞驰的马车。卮（zhī），酒器。

　　欧阳修极爱颍州西湖的景色，为它写下了十首《采桑子》。这一首词精致地表现了西湖不同侧面的美，有宝马香车繁花美酒的热闹，也有凭栏独望的幽静。醉酒花间之后，望着远处的烟水斜阳、白鹭孤飞，别有一种清醒孤寂的味道。就像欧阳修另一句写西湖的词："笙歌散尽游人去，始觉春空。"

鹧鸪天 · 博山寺作

◦ 南宋 · 辛弃疾

　　不向长安路上行。却教山寺厌逢迎。味无味处求吾乐，材不材间过此生。　　宁作我，岂其卿。人间走遍却归耕。一松一竹真朋友，山鸟山花好弟兄。

评　注

　　这首词作于辛弃疾闲居带湖之时，以恬淡萧疏的口吻写山居之乐。相比令人失望的朝政，倒是与山间的松竹花鸟相处更加亲切适意。虽然如此，"材不材"依然是对自己才不得用的怅恨，"味无味"依然是理想落空之后的无奈选择。念及稼轩北定中原的志愿与热肠，那个郁郁山间，与松竹花鸟称兄道弟的落寞身影着实隐藏着无限悲感。

小　池

◦ 南宋·杨万里

泉眼无声惜细流，树阴照水爱晴柔。
小荷才露尖尖角，早有蜻蜓立上头。

　　夏日的池塘最是生动可爱。诗中的小池有一眼活水流入，水流细细，本是客观状态，着一"惜"字，情致顿出。小池的旁边有绿树成荫，投映在池水之中。后二句尤其善于选景：小荷初发，细嫩的荷瓣尚未舒展，卷在一起露出尖尖角，有蜻蜓立于其上。描绘之细致生动，犹如摄影师拍下的一帧照片。诗中于极寻常的景物见出活泼童趣，有一种俏皮的味道。

　　杨万里的诗取材自然，新鲜活泼，涉笔成趣，被称为"诚斋体"，这首《小池》正是其典型代表。

清·余穉　花鸟十二开·荷花

山亭夏日

唐·高骈

绿树阴浓夏日长，楼台倒影入池塘。
水晶帘动微风起，满架蔷薇一院香。

评 注

　　这首诗描绘山亭夏日的风光，清丽明快，犹如图画，风度闲雅，有盛唐格调。夏季日长，绿树繁阴，明净的池塘倒映着亭台楼阁的影子。微风吹过，帘子被轻轻掀动，院子里的蔷薇花香气涌动，花香透过帘子传了进来。因为有水、有风、有花香，这样的夏日并不显得燥热难耐，反而带有一丝凉意，一份惬意。想象山亭中的人物，自然也属清妙之辈，非如此，又怎能捕捉到微风中的蔷薇花香呢？

江　村

◎ 唐·杜甫

清江一曲抱村流，长夏江村事事幽。

自去自来堂上燕，相亲相近水中鸥。

老妻画纸为棋局，稚子敲针作钓钩。

多病所须唯药物，微躯此外更何求。

评　注

　　杜甫一生，无论是对国家，还是对亲友，对自然，都有一份拳拳的热诚，因此他的诗极有人情味。

　　这首诗情景真切，潇洒流逸。饱经乱离的诗人在成都草堂暂得栖身之所，得与自然相亲，与亲人相伴，他便快然自足了。末二句流露出悲苦之感，但将半生流离的苦难淡化为"微躯此外更何求"，可见杜甫令人敬佩的胸怀。

江　南

◎ 汉 · 无名氏

江南可采莲，莲叶何田田。
鱼戏莲叶间。
鱼戏莲叶东，鱼戏莲叶西，
鱼戏莲叶南，鱼戏莲叶北。

评　注

田田，荷叶饱满挺秀的样子。

这是一首乐府民歌，以生动活泼的语言写江南采莲的情景，风格清新可喜。苗壮的荷叶亭亭而立，游鱼在荷叶间灵动穿梭。"鱼戏莲叶东"以下看似重复拖沓，却恰恰写出了游鱼戏水的动感，一会儿游到东，一会儿游到西，画面仿佛活了起来。也有人认为此处与音乐中的"和声"有关，一人领唱，多人相和。这与古时诗乐不分的情况是相符的。

销　暑

◎ 唐·白居易

何以销烦暑，端居一院中。
眼前无长物，窗下有清风。
热散由心静，凉生为室空。
此时身自得，难更与人同。

　　烦热难当的时候，可以独居小院之中，抛开世间的纷纷扰扰，把心灵放空。安静的院子里或有凉风暂至，自然暑气顿消。我们常常说"心静自然凉"，就是从白居易这首诗而来。天气与世事都是我们无法控制的，想要平静下来，唯一能控制的只有自己的心。

　　白居易早年在政治上遭遇了许多挫折，后来的诗篇颇有流连光景、明哲保身的意味。

明·陈洪绶　荷花鸳鸯图

念奴娇

○ 南宋 · 姜夔

闹红一舸，记来时、尝与鸳鸯为侣。三十六陂人未到，水佩风裳无数。翠叶吹凉，玉容销酒，更洒菰蒲雨。嫣然摇动，冷香飞上诗句。　　日暮。青盖亭亭，情人不见，争忍凌波去。只恐舞衣寒易落，愁入西风南浦。高柳垂阴，老鱼吹浪，留我花间住。田田多少，几回沙际归路。

评　注

舸（gě），船。三十六陂（bēi），本是扬州地名，诗文中常用来代指湖泊众多之地。

这首词为姜夔游杭州西湖时作，乃千古咏荷名篇。上片正面描写荷花、荷叶，"闹红"、"翠叶"云云，繁盛中别有清凉。下片怀人，情人不见，遂徘徊不归。"只恐"二句设想夏去秋来，惜花之情溢于言表。"高柳"三句，托言柳、鱼相留，留恋之意全在虚处。末二句状莲叶萦绕之态，情深一往，余味不尽。整首词虽是咏物，却情意贯注，摇曳空灵。

夏　意

◎ 北宋·苏舜钦

别院深深夏席清，石榴开遍透帘明。
树阴满地日当午，梦觉流莺时一声。

评　注

　　夏季白日漫长，若得清闲，在清凉的席子上睡个午觉，实是莫大的享受。陶渊明在《与子俨等疏》中说："五六月中，北窗下卧，遇凉风暂至，自谓是羲皇上人。"诗中正勾画了这样一个美好的夏日场景：石榴花娇红艳丽，黄莺语清脆宛转，小院独眠，恬然自适。"明"字见石榴花之色彩，"日当午"而有树阴遮蔽，可以稍减暑热，"时"字见睡醒后听见鸟鸣的自在惬意。处处可见作者用字构思的功力。

晓出净慈寺送林子方二首 其二

◦ 南宋·杨万里

毕竟西湖六月中，风光不与四时同。
接天莲叶无穷碧，映日荷花别样红。

评 注

　　净慈寺位于杭州西湖南岸的南屏山下，正对雷峰塔，"南屏晚钟"便是西湖十景之一。这首诗是作者为送别友人而作，广为传诵是因其描绘出了夏日西湖的美丽风光。前二句从大处着眼，不说具体的景物，只是定下了一个基调：盛夏时节，西湖的美最是与众不同。后二句则选取了这一时节的典型景物——荷叶荷花作为表现对象。碧叶接天、红荷映日的画面色彩浓重，恣意张扬，有包举天地之势，将一种繁盛泼洒的美写得淋漓尽致。

咏史八首 其一

◎ 西晋·左思

弱冠弄柔翰，卓荦观群书。

著论准过秦，作赋拟子虚。

边城苦鸣镝，羽檄飞京都。

虽非甲胄士，畴昔览穰苴。

长啸激清风，志若无东吴。

铅刀贵一割，梦想骋良图。

左眄澄江湘，右盼定羌胡。

功成不受爵，长揖归田庐。

评 注

卓荦（luò），卓越。穰苴（ráng jū），本姓田，又称司马穰苴，春秋末期军事家。此处指曾读过穰苴的兵法。

这首诗写的是一个胸怀大志的男儿读书习武，想要有所作为的理想，激情洋溢，热血殷殷。而功成名就之后不恋爵禄，归隐田园，则是很多古代文人对自己完美生涯的想象。

夏日南亭怀辛大

◎ 唐·孟浩然

山光忽西落，池月渐东上。
散发乘夕凉，开轩卧闲敞。
荷风送香气，竹露滴清响。
欲取鸣琴弹，恨无知音赏。
感此怀故人，中宵劳梦想。

评 注

　　盛夏时节，太阳落山，闲卧于山林水月之间乘凉，实在是惬意的享受。诗人散发不束，悠闲自在、一任天真的形象更加丰满。"荷风"与"竹露"原是夏日寻常景物，而"送"与"滴"赋予它们一种可感的动态，清馨的草木气息仿佛扑面而来。诗人闲坐之中想起了友人，想要弹琴遣兴，没有知音，则弹之无味。想到古人高山流水的遇合，更加怀念与自己倾心相交的好友。这一份思念，只好托之于梦魂了。此诗清幽爽朗，颇具孟浩然恬淡自然的特色。

咏怀八十二首 其一

◎ 三国魏·阮籍

夜中不能寐，起坐弹鸣琴。
薄帷鉴明月，清风吹我襟。
孤鸿号外野，翔鸟鸣北林。
徘徊将何见，忧思独伤心。

评 注

　　阮籍所处的时代政治黑暗，读书人的生存环境极为险恶，何晏有"逍遥放志意，何为怵惕惊"之语。阮籍选择借酒佯狂来避世保身，对统治者采取不合作的态度。他的《咏怀》诗多意旨遥深、兴寄无端之作。

　　这首诗意境高旷，明月清风，中夜抚琴，本是高雅闲适之景，然而观"孤鸿"、"忧思"等语，我们便知诗人"不能寐"乃是由于心有郁结。诗人孤独苦闷却不能明言，只能用音乐和诗歌来纾解。

暑旱苦热

◇ 北宋·王令

清风无力屠得热，落日着翅飞上山。
人固已惧江海竭，天岂不惜河汉干。
昆仑之高有积雪，蓬莱之远常遗寒。
不能手提天下往，何忍身去游其间。

评 注

　　诗人写夏日风光，常从清幽一路入手，直接描写酷热的并不多，这首
诗算是一个例外。首联神驰想象，用生动的字眼、奇特的比喻来形容黄昏
也不失炎威的苦热。颔联用人天同愿来表现对清凉的渴望。颈联写仙境之
高寒，身处酷暑之中的人，观之顿生神往。尾联豪宕有力，表现出以天下
为己任的豪情壮志。

111

渭川田家

○ 唐 · 王维

斜阳照墟落，穷巷牛羊归。

野老念牧童，倚杖候荆扉。

雉雊麦苗秀，蚕眠桑叶稀。

田夫荷锄至，相见语依依。

即此羡闲逸，怅然吟式微。

雉雊（zhì gòu），野鸡鸣叫。

这首诗写田家情事，风格质朴恬淡。日暮牛羊归圈，老人也在门边等着孩子回家吃饭，这是十分具有生活气息的一幕。开花的麦苗与稀疏的桑叶都是农事丰足的表现，农人有好的年成，自然有心情见面聊几句闲话。这种宁静安闲的生活令诗人羡慕不已，想起《诗经》中的"式微，式微，胡不归"，怅然而有归隐之意。

其实无论丰年灾年，农人的生活都是极为劳苦的，不过古代的诗人在仕途不得意时，习惯把归耕当作一条淡泊的退路。

宋·佚名　柳荫归牧图页

宋·佚名　柳荫归牧图页

六月二十日夜渡海

北宋·苏轼

参横斗转欲三更，苦雨终风也解晴。

云散月明谁点缀，天容海色本澄清。

空余鲁叟乘桴意，粗识轩辕奏乐声。

九死南荒吾不恨，兹游奇绝冠平生。

评　注

桴（fú），小木筏。

苏轼在党争中屡遭贬谪，一度远至儋（dān）州（今属海南），这首诗作于他遇赦北归的途中。诗的前两联全用比体，以"苦雨终风"象征被迫害的苦难，以"云散月明"象征遇赦后心情的爽朗。颈联写的是诗人在贬所观海听涛的见闻，其中的典故让这两句更饶深意。而尾联表现出的豪迈洒脱犹如刘禹锡的"前度刘郎今又来"，充满铮铮傲骨与睥睨宵小的气概。

渔　翁

唐·柳宗元

渔翁夜傍西岩宿，晓汲清湘燃楚竹。
烟销日出不见人，欸乃一声山水绿。
回看天际下中流，岩上无心云相逐。

西岩，永州境内的西山，柳宗元时任永州司马。欸（ǎi）乃，摇橹声。

这首诗写渔翁的生活，笔调舒徐清俊。渔翁晨起烧水，白天船上劳
作，夜晚归宿，平静而有序的生活中透出一种寂寞冷清。柳宗元在永州贬
所颇得自然之趣，也试图把自己融入到那种自在无碍的环境之中，然而在
幽美的山水之间始终有一份挥之不去的寂寞。读这首诗便能体会到类似的
味道。

寓　兴

◎ 唐·李冶

心与浮云去不还，心云并在有无间。
狂风何事相摇荡，吹向南山又北山。

评　注

　　人的心绪正如浮云一般，捉摸不定，摇荡无端。李冶，女诗人，曾经
做过女道士。出家修持之人讲究心如止水，神思空明，而心猿意马，最难
控制。"心云并在有无间"，心绪和浮云都有说来就来、说去就去的特点，
这首诗很可能是记录诗人某种毫无来由的心绪波动。

　　李冶五岁时，面对庭院里的蔷薇便能吟出"经时未架却，心绪乱纵
横"这样的句子。此时的她不知想起了什么，心绪便如被狂风摇荡的浮
云，忽南忽北。

夏夜宿表兄话旧

◎ 唐·窦叔向

夜合花开香满庭，夜深微雨醉初醒。
远书珍重何曾达，旧事凄凉不可听。
去日儿童皆长大，昔年亲友半凋零。
明朝又是孤舟别，愁见河桥酒幔青。

评 注

　　首联写夏夜花开，微雨中饮酒夜话，别有一番清幽闲逸。中间二联写兄弟间闲话往事：别后音书不易达，家中人事寂寥，言之多可悲；昔年无忧无虑的孩童已然长大成人，岁月无情，亲朋好友多有与世长辞者。尾联言明日又当离别，想象饯别时的情景，令人早生愁绪，与李益的"明日巴陵道，秋山又几重"同一意趣。此诗首尾二联清新俊逸、情景交融，中间二联质朴恳切、娓娓动人，体现出文质兼美的特点。

六月二十七日望湖楼醉书五首 其一

○ 北宋·苏轼

黑云翻墨未遮山，白雨跳珠乱入船。
卷地风来忽吹散，望湖楼下水如天。

评 注

　　六月的雨，来得快去得也快，苏轼这首诗很好地描写了这种天气。"黑云"与"白雨"两句用极鲜明的色彩对比捕捉到骤雨来临时的急剧变化，"翻"字表现出乌云的翻卷滚动，"跳"字表现出夏季急雨大颗迸落的状态，使诗句具有生动的画面感。俄而风来雨止，湖水又复清明，令人襟怀顿爽。"忽"字形容大雨骤然停止，"水如天"描画出雨后风平浪静的景象。

　　清人赵翼评价苏轼的诗"爽如哀梨，快如并剪，有必达之隐，无难显之情"，此诗正体现了这种明快爽利的风格。

元·高克恭　夏山过雨图页

秋

碧云天，黄叶地。秋色连波，
波上寒烟翠。
——范仲淹《苏幕遮·怀旧》

立 秋

◎ 南宋·刘翰

乳鸦啼散玉屏空，一枕新凉一扇风。
睡起秋声无觅处，满阶梧叶月明中。

评 注

　　一群小乌鸦飞翔啼叫，继而散去，只余室内的屏风寂然独立。或许是被鸦啼所扰，屏风后睡着的人中夜惊醒。新凉到枕，梧叶凋零，立秋时节细微的节令变化在这首诗中表现得甚为细腻。在微凉的夜晚，一轮明月映着满地的梧桐落叶，便是秋风吹过留下的痕迹。"无觅处"所表现的迷离怅惘之情与立秋之夜静谧孤清的景物一起，构成了这首情境圆融的佳作。

独坐敬亭山

○ 唐·李白

众鸟高飞尽，孤云独去闲。
相看两不厌，只有敬亭山。

　　李白是深知山水之趣者，这首诗在亲近山林之外，更有一种遗世独立的精神。连飞鸟也飞去无踪的地方，一片孤云自由卷舒，细味之能体会到诗人"独与天地精神往来"的傲世情怀。与一山相看不厌，彰显其愤世嫉俗、以无情之物为知音之志。人不厌山，已见亲近自然之心，着以"两不厌"，山亦不厌人，连山也带上了一丝灵气。赋予无知无识的客观事物以人的精神气质，进而寄托自己的情怀理想，正是诗人生花妙笔之不可及处。

古诗庭中有奇树

◎ 汉·无名氏

庭中有奇树，绿叶发华滋。

攀条折其荣，将以遗所思。

馨香盈怀袖，路远莫致之。

此物何足贵，但感别经时。

评　注

　　《庭中有奇树》是《古诗十九首》中的一首。这首诗语言非常质朴，以平实的口吻娓娓道来。庭中的绿树发荣滋长，诗人折下一枝准备送给远方的人。枝条美丽而芬芳，然而离人远在天涯，难以送到。树枝不是什么贵重之物，但它承载了一份沉甸甸的思念，那是久别之后最深切的感情。庭树生叶，折以寄人，路远难至，感叹离别，全诗层次井然，脉络分明，弥漫着平淡却深厚的情意，初看似不起眼，却愈味愈厚。

124

清·王鉴　湘碧居士仿古图册(十二)

南歌子

○ 宋·李清照

　　天上星河转，人间帘幕垂。凉生枕簟泪痕滋。起解罗衣、聊问夜何其。　　翠贴莲蓬小，金销藕叶稀。旧时天气旧时衣。只有情怀、不似旧家时。

评　注

　　南渡之后的女词人李清照饱受家国之恨的摧折，情怀多恶。她又一次在夜凉难寐的时候想起旧事。

　　下片中的"莲蓬"、"藕叶"都是旧衣上的装饰，这些衣饰的磨损让人联想到夏末秋初荷叶的凋残，进而联想到词人美好生命的凋残，意蕴丰富。"旧时天气"以下几句用浅白口语妥帖地传达出感旧情怀，正是易安词的特色所在。

明·唐寅 仕女图

蝶恋花

◎ 北宋·欧阳修

越女采莲秋水畔。窄袖轻罗，暗露双金钏。照影摘花花似面。芳心只共丝争乱。　　鹭鹚滩头风浪晚。雾重烟轻，不见来时伴。隐隐歌声归棹远。离愁引著江南岸。

评　注

鹭鹚（xī chì），一种水鸟，形大于鸳鸯，而多紫色，俗称紫鸳鸯。

江南女子溪头采莲是诗词中常见的画面，但不同的作者写来，往往能表现出不同的风致。欧阳修这首词将采莲女子的娇羞情态与怅惘心情刻画得十分生动，情韵悠长。"窄袖轻罗，暗露双金钏"，没有炫耀摇动的感觉，含蓄而优雅。当采莲女看到水中自己美丽的容颜，忽然间有了一种自我的觉醒，那是对自己美好资质的珍重。这首词写少女情怀之余，也体现出士大夫的品格修养。

摊破浣溪沙

五代南唐·李璟

　　菡萏香销翠叶残。西风愁起绿波间。还与韶光共憔悴，不堪看。　　细雨梦回鸡塞远，小楼吹彻玉笙寒。多少泪珠何限恨，倚阑干。

评　注

　　这首词声色俱佳，意境浑融，固然是写闺怨的妙笔，但结合词人所处的环境，亦可体味到身处末世、暗怀忧患的心情。首句"菡萏"、"翠叶"多么美好，则其"销"、"残"愈加可悲。次句点出节令与情绪。王国维认为此二句有"众芳芜秽，美人迟暮"之感，可谓灼见。后二句将韶光流逝与景物变化合二为一，思致细腻。下片构筑怀人念远之意境，前二句精致，后二句劲直，悲情俱极深厚。

129

南宋·佚名　江上青峰图页

八声甘州·寄参寥子

○ 北宋·苏轼

有情风、万里卷潮来，无情送潮归。问钱塘江上，西兴浦口，几度斜晖。不用思量今古，俯仰昔人非。谁似东坡老，白首忘机。　记取西湖西畔，正暮山好处，空翠烟霏。算诗人相得，如我与君稀。约他年、东还海道，愿谢公、雅志莫相违。西州路，不应回首，为我沾衣。

评　注

参寥子，即僧人道潜，字参寥，苏轼好友。

这是一首送别之作，送别的题材在苏轼笔下一洗依依顾恋的儿女之态，潇洒卓荦，气度不凡。词的开头即有大气包举、席卷天地之势，继而以行云流水般的语句将前度旧游、人事变迁与一己胸怀娓娓道来。词的下片主要表现与参寥的深厚情谊，反用谢灵运东还海道的典故，抒发归隐山林的愿望。全词一气贯注，最见性情。

嫦　娥

○ 唐·李商隐

云母屏风烛影深，长河渐落晓星沉。
嫦娥应悔偷灵药，碧海青天夜夜心。

嫦娥是人人熟知的神话传说中的人物，相传她窃不死药而飞升，成为月宫仙女。这首诗前二句营造了神秘华丽的仙境，后二句则表现嫦娥飞升成仙后夜夜独处月宫的孤独。

李商隐的诗歌向来以难于索解著称，这首诗究竟表达了什么内涵，历来说法不一。诗歌华美蕴藉，颇堪讽诵，虽然难求本意，但我们却能体会到一种碧海无涯、青天罔极的寂寞，那是伟大诗人所共有的寂寞。

峨眉山月歌

◎ 唐·李白

峨眉山月半轮秋，影入平羌江水流。
夜发清溪向三峡，思君不见下渝州。

评 注

　　这首诗是李白初次离开蜀地时对家乡山水风月的描写，神韵清绝，自然天成。在明月流水构筑的意境之中，似有一股灵气随着诗人行船，犹如神龙行空，给江山风月点染无限精神。诗中所述的是诗人的行旅路线，本是最平常不过，然而短短的七绝中出现了峨眉山、平羌江、清溪、三峡、渝州五处地名，李白写来不但不见滞涩，反而具有放舟千里的潇洒流动之感，大有盛唐诗"神来，气来，情来"的风骨。

南宋·佚名　仙山楼阁图页

鹊桥仙

◎ 北宋·秦观

纤云弄巧，飞星传恨，银汉迢迢暗度。金风玉露一相逢，便胜却、人间无数。　　柔情似水，佳期如梦，忍顾鹊桥归路。两情若是久长时，又岂在、朝朝暮暮。

评 注

咏牛郎织女的诗词一般着眼于爱而不见的悲苦，秦观别出心裁，用一句"两情若是久长时，又岂在、朝朝暮暮"升华了这个爱情绝唱，千载之下引发无数共鸣。这首词意象玲珑，措辞珍美，清丽流畅之中充满了缠绵悱恻的味道。上下片开头的两个对句一精致、一自然，读来齿颊生香。上片写相逢，下片写离别，上下片的结句均称警策。"两情"句发人深省，自不待言。"金风玉露"句同样表现了一种新颖的爱情观：相知相许的感情哪怕短暂，也胜过浑浑噩噩的长久。

贺新郎·送胡邦衡待制谪新州

○ 宋·张元幹

　　梦绕神州路。怅秋风、连营画角，故宫离黍。底事昆仑倾砥柱。九地黄流乱注。聚万落、千村狐兔。天意从来高难问，况人情、老易悲难诉。更南浦，送君去。　　凉生岸柳催残暑。耿斜河、疏星淡月，断云微度。万里江山知何处。回首对床夜语。雁不到、书成谁与。目尽青天怀今古，肯儿曹、恩怨相尔汝。举大白，听金缕。

评　注

　　南宋时期国势日衰，形诸歌咏，常有悲愤之辞，张元幹在送别友人的时候就表达了这种心情。全词虽写别情，却句句不离"万里江山"，可见覆巢之下，人同此悲，遂于惜别之中表现出饮酒击节的悲凉慷慨。

136

元·吴镇 芦花寒雁图

芳心苦

○ 北宋 · 贺铸

　　杨柳回塘，鸳鸯别浦。绿萍涨断莲舟路。断无蜂蝶慕幽香，红衣脱尽芳心苦。　　返照迎潮，行云带雨。依依似与骚人语。当年不肯嫁春风，无端却被秋风误。

评　注

　　这首词咏荷花，带有明显的比兴寄托之意。荷花香远益清，不与群芳为伍，所以说"断无蜂蝶慕幽香"。而"芳心苦"一句，写荷花的凋零，亦物亦人，词情哀苦。词的下片全用比体，结尾二句最是巧妙，将一种复杂难言的怅恨之情全部化入荷花与节令的关系之中。陈廷焯说这首词"骚情雅意，哀怨无端"，最能得其神髓。

少年游

◎ 北宋·柳永

长安古道马迟迟。高柳乱蝉栖。夕阳岛外，秋风原上，目断四天垂。　　归云一去无踪迹，何处是前期。狎兴生疏，酒徒萧索，不似去年时。

长安古道车尘马足，俱为名利而来。词人行马迟迟，风尘困顿，显然对立身扬名一事已经心灰意冷。秋色苍茫，四方竟无一处可以安身。柳永少年时在京都倚红偎翠，有不少风流往事，然而此际年华已老，不唯坎坷失职之悲一如往昔，就连可以暂寻安慰的感情也无处寻觅。词中有真实而深重的悲慨。

天末怀李白

◎ 唐·杜甫

凉风起天末，君子意如何。

鸿雁几时到，江湖秋水多。

文章憎命达，魑魅喜人过。

应共冤魂语，投诗赠汨罗。

　　杜甫在黄昏时候想起了他的好友李白，一句"凉风起天末，君子意如何"便充满了真挚温厚的挂念之情，令人动容。杜甫深知李白的为人，傲岸耿介的李白很容易受到险恶风波的伤害，杜甫在这里殷殷叮嘱"江湖秋水多"，应该是要李白小心珍重的意思。诗的尾联将李白与屈原等同，是对他人格与才华的双重赞美。

喜见外弟又言别

◦ 唐·李益

十年离乱后，长大一相逢。
问姓惊初见，称名忆旧容。
别来沧海事，语罢暮天钟。
明日巴陵道，秋山又几重。

外弟，即表弟。

这首诗写乍逢战乱之中离散的亲人，互道姓名之后方才发觉本是至亲，当真是悲欣交集，然而聚短离长，不知何时再能相见。颔联直叙其事，把这种特殊的场景写得如在目前，读之几令人泪下。尾联不着一"别"字，却道尽了对表弟前路漫漫的关切和人生聚散无常的感伤，表达的是与杜甫"明日隔山岳，世事两茫茫"相近的情感。

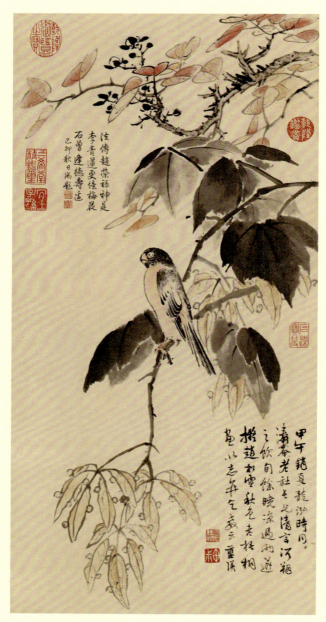

明·蓝瑛　秋色梧桐图

虞美人

◎ 清·蒋春霖

　　水晶帘卷澄浓雾。夜静凉生树。病来身似瘦梧桐。觉道一枝一叶怕秋风。　　银潢何日销兵气。剑指寒星碎。遥凭南斗望京华。忘却满身清露在天涯。

评　注

银潢（huáng），银河。

蒋春霖生当晚清，目睹鸦片战争等乱局，忧国伤世之作很多。这首词以秋季为背景，写他身经战乱之后漂泊南方的感受。秋凉如时危世乱，梧瘦如横被摧折。"梧叶怕秋风"极写忧惧之情，"银潢"二句感慨愤激，有金石之音。杜甫诗云"每依北斗望京华"，词人亦有"望京华"之志。后二句言心怀家国，乃至忘却自身亦在漂泊之中，更见忠爱之心与温厚之致，不愧"倚声家老杜"之称。

玉蝴蝶

◎ 北宋·柳永

望处雨收云断，凭阑悄悄，目送秋光。晚景萧疏，堪动宋玉悲凉。水风轻、蘋花渐老，月露冷、梧叶飘黄。遣情伤。故人何在，烟水茫茫。　　难忘。文期酒会，几孤风月，屡变星霜。海阔山遥，未知何处是潇湘。念双燕、难凭远信，指暮天、空识归航。黯相望。断鸿声里，立尽斜阳。

评　注

　　柳永词写秋士之悲苍茫开阔，具有极强的艺术感染力。想那秋日雨后，万物清冷萧疏，情怀本恶，更有草木摇落，人事全非，一人独立于苍茫秋色之中，心头百感，上天入地也难排遣，不知要在断鸿声里目送斜阳站上多久。

　　《玉蝴蝶》这个词牌音节谐美，读起来也很舒畅。"水风轻、蘋花渐老，月露冷、梧叶飘黄"、"念双燕、难凭远信，指暮天、空识归航"等扇面对更是犹如明珠走盘，由柳永这等遣辞造语的高手写来，令人讽诵不厌。

雨郭烟村白水環迷
離紅葉間蒼山恍聞
口清猨嘆良嶽秋光想
像間 御題

北宋·赵佶 溪山秋色图

野　望

○ 唐·王绩

东皋薄暮望，徙倚欲何依。
树树皆秋色，山山唯落晖。
牧人驱犊返，猎马带禽归。
相顾无相识，长歌怀采薇。

评　注

徙倚，徘徊、流连。

这首诗语言平淡质朴，结构端严整齐，带有隋末唐初律诗发展的痕迹。首联"徙倚"表达了一种百无聊赖的寂寞心情。中间二联是"薄暮望"之所见：夕阳西下，山野之中一片萧瑟的秋景，牧人赶着牛群，猎人带着猎物，各自回家。"相顾无相识"，有"微斯人，吾谁与归"之意。《诗经·小雅·采薇》云："采薇采薇，薇亦作止。曰归曰归，岁亦莫止。"尾句借此诗意表现了诗人归隐的愿望。

146

月夜忆舍弟

戍鼓断人行，秋边一雁声。
露从今夜白，月是故乡明。
有弟皆分散，无家问死生。
寄书长不达，况乃未休兵。

评 注

　　杜甫在战乱之中想起自己的弟弟，他们同样因为兵戈的阻隔四处漂泊，无法回到家乡。首联以秋雁营造出凄凉的气氛，颔联对仗工巧，情景相生，而不见斧凿痕迹，杜甫炼句炼意之功可见一斑。"月是故乡明"一句极言对故乡的依恋，令人见之心酸。颈联以朴实无华的语言直陈家中景况，哀切动人。尾联展现了这番思念沉痛而无奈的结局：战乱频仍，想寄信得知亲人的音讯都做不到。战争给人民带来的痛苦，在杜甫这里得到了万分痛切的表达。

元·倪瓒 秋亭嘉树图

苏幕遮·怀旧

◎ 北宋·范仲淹

　　碧云天，黄叶地。秋色连波，波上寒烟翠。山映斜阳天接水。芳草无情，更在斜阳外。　　黯乡魂，追旅思。夜夜除非，好梦留人睡。明月楼高休独倚。酒入愁肠，化作相思泪。

评 注

　　这是一首写秋思的小词。上片空灵开阔，从上到下，从近到远，都笼在一片销魂秋色之中。言"芳草无情"，正是人之多情。

　　下片勾起怀乡之思，皆从小处着眼，言梦寐，言饮酒，巧思动人。好梦难得遂无眠，无眠遂登楼，登楼而愁望，饮酒以浇愁。"酒入愁肠，化作相思泪"一句，真不知打动多少愁人泪眼。范文正公胸怀天下，小词却有如许深情。

西江月

○ 北宋 · 苏轼

　　世事一场大梦，人生几度秋凉。夜来风叶已鸣廊。看取眉头鬓上。　　酒贱常愁客少，月明多被云妨。中秋谁与共孤光。把盏凄然北望。

评　注

　　苏轼一生屡遭坎坷，这首词所流露的正是他外放时孤独凄凉的感受。上片感慨衰老。前二句以警策之语道出人生空幻之感，力量极重，这种力量感源于作者对梦幻泡影般的命运有很深的体验。后二句写此时情景，风吹叶响，自怜沧桑白头。下片写借酒浇愁的孤独，继上片"夜来"而发。中秋本是阖家团圆之日，作者却只能一人独饮，怅望京师。全词境界开阔，句法飞动，写凄凉之意而有豪放清旷之致，感慨身世之余表现出对人生和命运的思考。

150

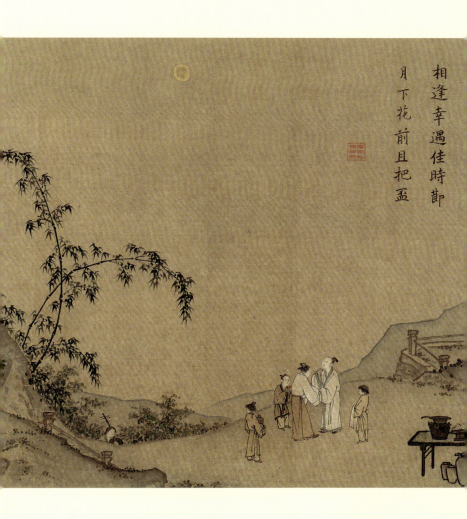

相逢幸遇佳時節
月下花前且把盃

南宋·佚名　月下把杯图页

念奴娇·过洞庭

○ 南宋·张孝祥

洞庭青草，近中秋、更无一点风色。玉鉴琼田三万顷，著我扁舟一叶。素月分辉，明河共影，表里俱澄澈。悠然心会，妙处难与君说。　　应念岭海经年，孤光自照，肝胆皆冰雪。短发萧骚襟袖冷，稳泛沧浪空阔。尽吸西江，细斟北斗，万象为宾客。扣舷独啸，不知今夕何夕。

评　注

舷（xián），船的两侧。青草，青草湖，与洞庭湖相连。

此词上片写月下洞庭空明澄澈的景色，风致流美，气象开阔。词人泛舟于其中，饱览美景，心神俱爽。下片词人想起自己的宦海生涯，"肝胆皆冰雪"是夫子自道，表现其高洁忠贞的品行。明月清波，斯人独立，以星斗为杯，以江水为酒，以天地万物为宾客，壮怀奇思直追太白。全词飘飘有凌云之致，令人顿绝尘想。明净阔大的洞庭湖与浩气凛然的士人形象相映生辉，构造出物我泯一的浑融境界。

汉宫春·会稽秋风亭观雨

○ 南宋·辛弃疾

亭上秋风，记去年袅袅，曾到吾庐。山河举目虽异，风景非殊。功成者去，觉团扇、便与人疏。吹不断，斜阳依旧，茫茫禹迹都无。　　千古茂陵词在，甚风流章句，解拟相如。只今木落江冷，眇眇愁余。故人书报，莫因循、忘却莼鲈。谁念我，新凉灯火，一编太史公书。

评　注

　　稼轩晚年路过秋风亭，写下了这首词。满眼山河变换，虽是一样的风景，对于中原沦陷的国人来说，却是别有一番滋味在心头。朋友来信道，莫要忘记故乡风物，华发苍颜的稼轩却仍旧在秋夜孤灯下手持一卷《史记》郁郁愁怀。词的最后，稼轩与太史公两个苦志精诚的形象似乎融为一体，给人以极深的震撼。此篇既沉郁顿挫，又风流婉转，是稼轩词中的杰作。

饮酒二十首 其五

◎ 东晋·陶渊明

结庐在人境，而无车马喧。
问君何能尔，心远地自偏。
采菊东篱下，悠然见南山。
山气日夕佳，飞鸟相与还。
此中有真意，欲辨已忘言。

评　注

　　真正的隐者不需远遁山林，只要实现了精神上的超脱，即便居住在市
廛红尘之中，也能跳出尘俗之外。陶渊明便是这样一位真正实现了精神超
脱的隐者。"采菊东篱下，悠然见南山"一句尤为全诗妙境，因采菊而见
山，非刻意相求，反见"山气日夕佳"之美，王国维所谓"无我之境"也。
全诗在安宁淡泊的诗境中颇具哲理，此正是耐人寻味之处。苏轼说渊明诗
"质而实绮，癯而实腴"，就是这种味道。

清·石涛　渊明诗意图册(二)

卜算子·黄州定慧院寓居作

◎ 北宋·苏轼

　　缺月挂疏桐，漏断人初静。谁见幽人独往来，缥缈孤鸿影。　　惊起却回头，有恨无人省。拣尽寒枝不肯栖，寂寞沙洲冷。

评　注

　　黄庭坚评此词曰："东坡道人在黄州时作，语意高妙，似非吃烟火食人语。非胸中有万卷书，笔下无一点尘俗气，孰能至此？"这首词空灵俊逸，确如黄庭坚所言"无一点尘俗气"。上片以"孤鸿"比"幽人"，下片则全写孤鸿，中夜惊起，不肯屈就，无枝可安，其高洁幽独之貌又如幽人高士。全词处处双关，孤鸿的独来独往、不肯随意栖落与东坡的耿介超迈十分契合。

蝶恋花

近代 · 王国维

　　百尺朱楼临大道。楼外轻雷，不问昏和晓。独倚阑干人窈窕。闲中数尽行人小。　　一霎车尘生树杪。陌上楼头，都向尘中老。薄晚西风吹雨到。明朝又是伤流潦。

评　注

　　树杪（miǎo），树梢。流潦（lǎo），路上的积水。
　　从表面上看，这似乎是一首传统的楼头思妇怀人之词。但我们细味"百尺朱楼"、"楼外轻雷"、"行人"、"车尘"、"流潦"等意象，又可以看到一位超世静观、卒难免于耽溺世变的哲人形象。陌上之人与楼头之人俱在滚滚红尘中消磨岁月，而西风吹雨的明朝，便是那不可预测的忧患命运。

雨霖铃

○ 北宋·柳永

　　寒蝉凄切。对长亭晚，骤雨初歇。都门帐饮无绪，留恋处、兰舟催发。执手相看泪眼，竟无语凝噎。念去去、千里烟波，暮霭沉沉楚天阔。　　多情自古伤离别。更那堪、冷落清秋节。今宵酒醒何处，杨柳岸、晓风残月。此去经年，应是良辰好景虚设。便纵有、千种风情，更与何人说。

　　都门，京都城门。

　　柳永在汴京，将行之日留别恋人，写下了这首著名的惜别之作。上片实写别时场面，情人执手相看，绸缪之状一如秋雨缠绵，"千里烟波"，别情已飘动难抑。下片设想别后情景。过片即警策，乃将我之离别推及于千古之离别。"晓风残月"句幽艳隽秀，动摇人心。柳永擅长调，铺叙展衍，备足无余。此词既有铺叙之密，又得余味之长。

花開半是上林春呼酒蓬牕荅歲頻極目長江多黛遠亂曾楊柳未歸人

清·石涛　山水册（十一）

清平乐·独宿博山王氏庵

○ 南宋·辛弃疾

　　绕床饥鼠。蝙蝠翻灯舞。屋上松风吹急雨。破纸窗间自语。　　平生塞北江南。归来华发苍颜。布被秋宵梦觉，眼前万里江山。

评　注

　　秋夜，稼轩独宿于破败的民居之中，虫鼠相扰，风雨相侵。在此凄风苦雨之中，他想到的不是一己之身，而是大丈夫的功业、国家的山河。

　　"平生塞北江南"，在旁人也许是妄为大言，在稼轩却是真实地叙述自己的经历，他确是从青年时期便组织义军，投奔朝廷的。可惜终究难得大用，志愿不遂。词的最后两句跃然描画出一位"位卑未敢忘忧国"的志士形象，震撼人心。

点绛唇

✿ 南宋·姜夔

　　燕雁无心，太湖西畔随云去。数峰清苦。商略黄昏雨。　　第四桥边，拟共天随住。今何许。凭阑怀古。残柳参差舞。

评　注

　　天随是唐代诗人陆龟蒙的别号。陆龟蒙精通文学，人品绝高，晚年隐居松江甫里。姜夔对陆氏甚为仰慕，曾在《三高祠》诗中说："沉思只羡天随子，蓑笠寒江过一生。"在这首词中，姜夔表达了同样的心愿。只不过如今的"第四桥边"只剩下"残柳参差舞"，南宋之国事日非，可于言外得之。

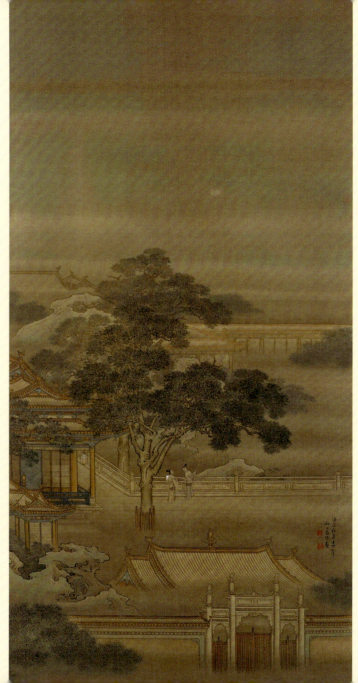

清·袁耀 汉宫秋月图

玉 阶 怨

◎ 唐·李白

玉阶生白露，夜久侵罗袜。
却下水晶帘，玲珑望秋月。

《玉阶怨》是乐府古题，多写宫怨。

在降下白露的秋夜，宫女站在阶上，直到露水浸湿了罗袜，可见其站立之久。姜白石《湘月》词云："暗柳萧萧，飞星冉冉，夜久知秋信。"同样写秋夜久立，初读似寻常，细味之，那种寒意渐侵而执着不改的深情便慢慢透出，与此诗是同一境界。诗中的宫女回到室内放下水晶帘，却仍然隔着帘子注视着天上的明月，可见心中怨情还是没有消解。全诗不着一"怨"字，而宫女无事可为、痴痴凝想、欲罢不能之貌毕现，可谓深于怨者。

暮江吟

○ 唐·白居易

一道残阳铺水中，半江瑟瑟半江红。
可怜九月初三夜，露似真珠月似弓。

评 注

瑟瑟，碧绿色。

这首诗写江天晚景。前两句极刻画之能事，写斜阳映照于江水之中，染得江水一半艳红，一半青碧，色彩鲜明，造句瑰丽。见过此等景象的人，必当知晓这两句是何等贴切。"可怜九月初三夜"直抒胸臆，以饱含深情的口吻赞扬秋夜的美丽。"露似真珠月似弓"抓住此时的节令特点，白露明月，如珠如弓，给人以分外清寒之感。全诗以宁静愉悦的欣赏眼光写景，奇丽如画，令人神往。

寒　菊

花开不并百花丛，独立疏篱趣未穷。
宁可枝头抱香死，何曾吹落北风中。

　　菊花在秋季开放，以其能经历风霜，被赋予了高洁不屈的品格。郑思肖，原名之因，生当南宋末年，宋亡后，他改名思肖，以示思念赵宋；又字忆翁，号所南，以示不忘故国。这首诗一语双关，既是对菊花品格的赞美，也表达了诗人宁折不弯的气节。哪怕到了篱落疏疏的衰飒季节，菊花的持守也不曾穷尽。它宁愿在枝头抱香而死，也绝不屈从于北风的淫威。诗人忠于故国的坚定信念及其铮铮傲骨令人钦佩。

明·张宏　山塘短棹图

八声甘州

◎ 北宋·柳永

对潇潇、暮雨洒江天，一番洗清秋。渐霜风凄惨，关河冷落，残照当楼。是处红衰翠减，苒苒物华休。惟有长江水，无语东流。　　不忍登高临远，望故乡渺邈，归思难收。叹年来踪迹，何事苦淹留。想佳人、妆楼颙望，误几回、天际识归舟。争知我、倚阑干处，正恁凝愁。

九月九日忆山东兄弟

○ 唐·王维

独在异乡为异客，每逢佳节倍思亲。
遥知兄弟登高处，遍插茱萸少一人。

评　注

　　这首诗是王维在重阳节因思念家乡亲人而作。古时的重阳节有戴茱萸花登高的习俗，诗人漂泊在外，不能参与家乡兄弟们的这一盛会，遥想故园，思亲之情拳拳流露。王维作此诗时年仅十七岁，意气风发，也最易生出离群索居的孤寂之感。诗的前两句便表现了这种情感，不假雕琢，却情意厚重，万口流传。每一个漂泊天涯的游子想到这两句诗，定会产生强烈的共鸣。这两句也因真切动人，情意盎然，不求工而自工了。

登乐游原

○ 唐·杜牧

长空澹澹孤鸟没，万古销沉向此中。
看取汉家何事业，五陵无树起秋风。

评　注

乐游原，唐时的游览胜地，在今陕西西安一带。

荒原的高空中孤鸟飞翔，这是一种空阔萧条的境界。长安是见证了几代兴亡的所在，诗人于此见到沧海桑田、梓泽丘墟，自然心生今昔之感。杜牧所处的晚唐时期已经面临着一系列社会问题，他想到煌煌赫赫的汉家天下也在此处归于沉寂，更添一重哀感。秋风吹木叶，已经令人生悲，何况已经无树可吹？末句尤其寄慨遥深。

感遇十二首　其一

○ 唐·张九龄

兰叶春葳蕤，桂华秋皎洁。
欣欣此生意，自尔为佳节。
谁知林栖者，闻风坐相悦。
草木有本心，何求美人折。

评　注

葳蕤（wēi ruí），草木茂盛的样子。

张九龄的《感遇》诗多托物寓意，寄托遥深，表现自己的理想和追求，这是其中的第一首。此诗以花木起兴，先写春兰秋桂生意欣然，这是外在的美好。再以"草木有本心"表现其内在的高洁操守和独立人格：天性中的芳洁美好，不会因为无人欣赏无人共鸣就有所改变。诗中幽居林壑的隐者和独自芬芳的草木具有相同的品质，那便是诗人所追求的："不吾知其亦已兮，苟余情其信芳。"

秦州杂诗二十首　其五

◦ 唐·杜甫

南使宜天马，由来万匹强。
浮云连阵没，秋草遍山长。
闻说真龙种，仍残老骕骦。
哀鸣思战斗，迥立向苍苍。

评　注

骕骦（sù shuāng），良马名。

这组杂诗写的是诗人在西北一带的见闻随感，这一首写的是马。这匹马品种优良，虽年已苍老，但还想着上阵出征，宛然是"老骥伏枥，志在千里"的形象。杜甫思君恋阙之心一生不改，"迥立向苍苍"的老马也是杜甫的人格象征。

171

清·袁江　塞北彤云图

渔家傲·秋思

北宋·范仲淹

　　塞下秋来风景异。衡阳雁去无留意。四面边声连角起。千嶂里。长烟落日孤城闭。　　浊酒一杯家万里。燕然未勒归无计。羌管悠悠霜满地。人不寐。将军白发征夫泪。

评　注

　　燕然，燕然山，即今蒙古国境内的杭爱山。东汉窦宪破北匈奴，曾在燕然山上勒石纪功。

　　作此词时，范仲淹正在陕西经略副使任上，负责巩固西北边防。词中写边塞风光与将士思归之情都是眼前实景，读来意气飞扬，胸怀顿爽。在北宋早期，文人士子的词作以流连光景、抒写情爱为主，这样的词笔实为少数。

蝶恋花 · 出塞

◎ 清 · 纳兰性德

　　今古河山无定据。画角声中，牧马频来去。满目荒凉谁可语。西风吹老丹枫树。　　从来幽怨应无数。铁马金戈，青冢黄昏路。一往情深深几许。深山夕照深秋雨。

评　注

　　这是一首怀古之作。上片苍凉老健，首句便以"无定据"三字发盛衰无常之感，继而写眼前边塞深秋之景，意境浑厚。下片幽怨深情，词人面对苍莽的边塞景物，想到当年马上争夺天下的战争，一时心头百感。纳兰的小令以哀感顽艳著称，即便如此健笔，也不脱感伤味道。尤其是"一往情深深几许。深山夕照深秋雨"二句，连用四个"深"字一再强调"一往情深"，独立观之，宛然相思怨别，完全看不出是怀古之作。刚健之中含婀娜，可以说是纳兰出塞行役之作的一个重要特点。

临江仙

◎ 明·杨慎

滚滚长江东逝水，浪花淘尽英雄。是非成败转头空。青山依旧在，几度夕阳红。　　白发渔樵江渚上，惯看秋月春风。一壶浊酒喜相逢。古今多少事，都付笑谈中。

评　注

这首词作为电视剧《三国演义》的主题曲词被人熟知，饱含对历史兴亡、人事变迁的深沉感慨。英雄人物如水东逝，而青山岿然不动，夕阳几度升沉，千载之下，那些风起云涌的往事不过都是酒后的笑谈罢了。词中有关于无常与永恒的思考，也表现出词人旷达超逸的情怀。

摸鱼儿·雁丘词

金·元好问

问世间、情为何物，直教生死相许。天南地北双飞客，老翅几回寒暑。欢乐趣。离别苦。就中更有痴儿女。君应有语。渺万里层云，千山暮雪，只影向谁去。　　横汾路。寂寞当年箫鼓。荒烟依旧平楚。招魂楚些何嗟及，山鬼暗啼风雨。天也妒。未信与。莺儿燕子俱黄土。千秋万古。为留待骚人，狂歌痛饮，来访雁丘处。

评　注

　　词中描绘了一对大雁相依相伴的甜蜜与生死暌隔的悲哀。从"双飞雁"到"痴儿女"，对感情的执着与忠贞一般无二，虽是写雁，却颇能激起人的同情与共鸣。尤其是词的前三句破题便是千古绝唱，质直斩截，震撼人心。

176

冠中老长兄
偉甫邊壽民

清·边寿民 芦雁图

清·萧晨 枫林停车图

山 行

○ 唐·杜牧

远上寒山石径斜，白云深处有人家。
停车坐爱枫林晚，霜叶红于二月花。

坐，因为。

秋山红叶是这个季节最有特色的美景，常见的景物在诗人笔下分外具
有高怀逸致。寒山小径与山上白云均带有飘然出世的味道，白云深处的人
家，自然给人以辽远静谧之感。诗人为美丽的枫叶而停车驻足，显出游览
观景的悠闲适意。诗的最后一句将秋色写得鲜明绚丽，言霜叶胜花，不同
凡响。刘禹锡有诗云"自古逢秋悲寂寥，我言秋日胜春朝"，这首诗也有
此种豪爽俊逸的风致，将秋景写得别具精神。

冬

平林漠漠烟如织。寒山一带伤
心碧。

——李白《菩萨蛮》

早寒江上有怀

○ 唐·孟浩然

木落雁南度，北风江上寒。

我家襄水曲，遥隔楚云端。

乡泪客中尽，孤帆天际看。

迷津欲有问，平海夕漫漫。

评　注

　　这首诗是诗人客中思乡之作。首联以木落风寒点明节令，秋雁南飞，易使人兴起怀归之意。孟浩然是襄阳人，颔联只是写家乡的所在，但对仗流畅自然，思之有烟云浩渺之致，清丽空灵。颈联情意凄然，流泪至于泪尽，极写思乡之苦。天边一叶孤帆，是否可以送我回到家乡？尾联是"天际看"的所见，诗人客游在外，烟水迷离的渡口正如望不见的家乡，令人更增愁怀。全诗风华容与，自饶神韵，朴质之中含有脉脉深情。

清·石涛　山水图册八开（二）

南乡子·登京口北固亭有怀

○ 南宋·辛弃疾

何处望神州。满眼风光北固楼。千古兴亡多少事，悠悠。不尽长江滚滚流。　　年少万兜鍪。坐断东南战未休。天下英雄谁敌手，曹刘。生子当如孙仲谋。

评　注

北固亭，在江苏镇江北固山上，下临长江。兜鍪（móu），古代作战时戴的盔，这里指代士兵。

这是一首怀古词。词人登高望远，面对滚滚长江想起了风起云涌、英雄辈出的三国时代。词中盛赞年少英雄的孙权，固然是对古代豪杰的向往，也表现了词人生当积弱之世，渴望奋发有为的一种心态。这首词气格雄浑壮阔，饱含对国家兴亡的深切关怀，最能代表稼轩词的风貌。

菩萨蛮

◎ 唐·李白

平林漠漠烟如织。寒山一带伤心碧。暝色入高楼。有人楼上愁。　　玉阶空伫立。宿鸟归飞急。何处是归程。长亭更短亭。

评 注

伤心，极言之辞，很。暝，黄昏。

这是一首登高怀人之词。相传为李白所作。上片自远而近，由景及人，以萧瑟苍茫的景色烘托人物心理感受。下片则写高楼独望之人的所见所思：天色已晚，鸟儿尚可归巢，而行人前途正远，却不知何日得归。长亭短亭原是送别之所，着一"更"字尤见长路迢迢之苦。全词脉络井然，情景无间，真不愧前人所誉"百代词曲之祖"。

185

寄全椒山中道士

◎ 唐·韦应物

今朝郡斋冷，忽念山中客。
涧底束荆薪，归来煮白石。
欲持一瓢酒，远慰风雨夕。
落叶满空山，何处寻行迹。

评 注

郡斋，衙署的斋舍。

起句"今朝郡斋冷"，一个"冷"字既点出节令，也暗示了诗人心中
的孤寂。诗人在官舍念起山中的朋友，这位朋友是修道之士，砍柴煮石，
全无一点人间烟火气。诗人想要持酒相访，以慰友人在风雨黄昏中的寂
寞。然而落叶满山，早湮灭了人的足迹，无处可寻。"风雨"、"落叶"令人
感受到此时的清寒，寒意之中一股温情淡淡透出。全诗一片神行，难以句
诠，是东坡所谓"发纤秾于简古，寄至味于淡泊"者。

与诸子登岘山

唐 · 孟浩然

人事有代谢，往来成古今。
江山留胜迹，我辈复登临。
水落鱼梁浅，天寒梦泽深。
羊公碑尚在，读罢泪沾襟。

评 注

羊公，指羊祜，西晋名臣。

这首诗是诗人与朋友登上岘山凭吊羊公碑而作。首联先言感慨：历史的沧桑，前贤的风流，俱在时间的长河中消逝。颔联直叙登山之事，简淡高古。颈联以鱼梁浅水、云梦大泽的寒意烘托一种悲凉气氛，引出尾联读羊公碑而泪下的场景。人们虽然能认识到人事变迁的规律，但登临胜迹，遥想前贤，还是忍不住泪滴沾襟。全诗空灵澹远，尽显苍凉之味。

古诗孟冬寒气至

◎ 汉·无名氏

孟冬寒气至，北风何惨栗。

愁多知夜长，仰观众星列。

三五明月满，四五蟾兔缺。

客从远方来，遗我一书札。

上言长相思，下言久离别。

置书怀袖中，三岁字不灭。

一心抱区区，惧君不识察。

评　注

　　孟冬，冬季的第一个月，即农历十月。蟾兔，月亮。三五，农历十五日。四五，农历二十日。

　　冬月天寒，闺中思妇更添一份冷寂之情。诗中描写"三五"、"四五"月亮的样子，可以想象这名女子举头望月，夜夜难眠。她在思念之中接到了远方游子的书信，真不知道该怎么爱惜才好，于是置于袖中，信上的字三年也不曾磨灭。三年也许是一个夸张的说法，但我们可以从中感受到她的相思之苦。

元·赵雍　澄江寒月图页

月

◎ 唐·李商隐

过水穿楼触处明，藏人带树远含清。
初生欲缺虚惆怅，未必圆时即有情。

评 注

　　月亮有阴晴圆缺，又有清辉无限，触处生光。这首写月的小诗极具动感，"过水穿楼"写月光清透明亮又无形无质，"藏人带树"则表现月光那种不同于白昼的朦胧隐约之美。诗中动词的串联让月带上一份热切的人情味，情致盎然。苏东坡《水调歌头》词云："人有悲欢离合，月有阴晴圆缺。"这首诗中"初生欲缺虚惆怅，未必圆时即有情"却说月亮的圆缺和人世的悲欢未必是一一对应的，这一见解也颇可玩味。

冬夜读书示子聿

◎ 南宋·陆游

古人学问无遗力，少壮工夫老始成。
纸上得来终觉浅，绝知此事要躬行。

陆游冬夜读书，悟到古人读书治学的道理，便把它说给儿子听。诗的口吻是朴素质直的，仿佛一位长者在循循善诱。诗的前两句讲勤奋用功，做学问要竭尽全力，穷极一生。后两句讲知行合一，书本上的知识要经过实践的检验才真正属于自己。陆游善诗文，能修史，北伐献策，随军征战，一生勤学多思，积极入世。这些教导儿子的话源自他的切身体验，每一句都可以作为格言流传。

元·姚廷美 雪山行旅图

采桑子·塞上咏雪花

清·纳兰性德

非关癖爱轻模样，冷处偏佳。别有根芽。不是人间富贵花。　　谢娘别后谁能惜，飘泊天涯。寒月悲笳。万里西风瀚海沙。

评　注

这首词咏边塞雪花。词人爱雪花，不单是爱它悠扬轻盈的模样，更是因为它"不是人间富贵花"。雪花不是草木生就，自然无根无芽，词中咏物颇能抉其神髓。纳兰生在高门广厦，却常有山泽鱼鸟之思，因此十分偏爱冰冷易逝、与人间富贵无缘的雪花。词的下片用谢道韫咏雪事表达对雪花的怜惜，"飘泊天涯"写雪花的情状，也暗示了自己远离故园、行役边塞的处境。结合寒月悲笳、瀚海西风等边塞景物，使这首词于空灵之中别饶沉郁。纳兰的边塞词常常具有这种轻情与苍凉相结合的美感。

逢雪宿芙蓉山主人

◎ 唐·刘长卿

日暮苍山远，天寒白屋贫。
柴门闻犬吠，风雪夜归人。

评 注

白屋，指平民所居住的房屋。

大雪封山，深夜投宿，风雪中到访的人惊到了院子里的狗。这首小诗以白描的手法活画出一幅风雪夜归图，千载如逢当日。首句从大处写起，日暮途远，苍山在望。次句聚焦于苍茫天地间的一点：山下的一间小屋。五绝之佳者常用此种由大到小的视角，如柳宗元之《江雪》，如此则既有大境界，又有小细节，气格雄壮而不失灵动。此诗后两句"柴门闻犬吠，风雪夜归人"便是写"白屋"之中具体的情状。深夜犬吠，诗中人因何"风雪夜归"？留给读者无穷回味。

问刘十九

◎ 唐·白居易

绿蚁新醅酒，红泥小火炉。
晚来天欲雪，能饮一杯无。

评　注

　　绿蚁，浮在新酿米酒上的绿色泡沫。醅（pēi），未滤过的酒。

　　"绿蚁新醅酒，红泥小火炉"，新酿的米酒色泽诱人，酒香四溢，炉火融融。日暮天寒、阴沉欲雪的冬季，围炉饮酒的温暖惬意是何等令人向往。"晚来天欲雪，能饮一杯无"，诗人以最随意最诚挚的话语邀请熟识的好友，有此佳境，朋友想必然欣然愿往。小诗措语平淡，写的也是常见的情景，妙在生动亲切，情意融融。

195

从军行

○ 唐·杨炯

烽火照西京，心中自不平。
牙璋辞凤阙，铁骑绕龙城。
雪暗凋旗画，风多杂鼓声。
宁为百夫长，胜作一书生。

评 注

西京，指唐朝的京师长安。牙璋，指兵符。

初唐时期的边塞诗多浑厚朴拙，这一首便是如此。首联写战事兴起，激起了书生心中的郁勃不平之气。颔联言直赴边城，有曹子建"捐躯赴国难，视死忽如归"的气势。颈联写军旅生涯，尾联表明自己投笔从戎的决心。诗人表达为国征战的愿望，实则是抒发自己才高位卑、不得重用的积郁。"宁为百夫长，胜作一书生"二句虽是愤激语，却不失气魄，引发了许多读书人的共鸣。

196

元·黄公望 九峰雪霁图

江神子 · 冬景

○ 北宋 · 苏轼

相逢不觉又初寒。对尊前。惜流年。风紧离亭，冰结泪珠圆。雪意留君君不住，从此去，少清欢。　　转头山下转头看。路漫漫。玉花翻。银海光宽，何处是超然。知道故人相念否，携翠袖，倚朱阑。

评　注

从内容上看，这首题为"冬景"的词写的是送别的情怀。离情别意与寒天雪意相融，别有一份凄然之感。苏轼是善能自我开解的人，当他对一份感情顾恋不舍的时候，就会寻求"超然"的途径。词的结尾说"携翠袖，倚朱阑"，大概就是苏轼的排解之法。

长相思

◎ 清·纳兰性德

山一程。水一程。身向榆关那畔行。夜深千帐灯。　　风一更。雪一更。聒碎乡心梦不成。故园无此声。

评　注

榆关，即山海关。

这首词是纳兰扈从康熙皇帝出关东巡时所作。词的上片写行军，"夜深千帐灯"一句壮阔而传神。下片在风雪连天的塞上想到京中家园，一时心碎难眠。全用白描，自然真切。

暗　香

◎ 南宋·姜夔

　　旧时月色。算几番照我，梅边吹笛。唤起玉人，不管清寒与攀摘。何逊而今渐老，都忘却、春风词笔。但怪得、竹外疏花，香冷入瑶席。　　江国。正寂寂。叹寄与路遥，夜雪初积。翠尊易泣。红萼无言耿相忆。长记曾携手处，千树压、西湖寒碧。又片片、吹尽也，几时见得。

　　何逊，南朝梁诗人，喜爱梅花，作有《咏早梅》诗。

　　这首词咏梅花，然通篇皆有人在。上片云"唤起玉人"，下片云"长记曾携手处"，可知乃借咏梅以怀人。然有论者别具只眼，或以为讽刺南宋偏安，或以为抒发身世之感，或以为隐喻用世之志，皆可备一说。即以咏物词而论，此首体物精工，情韵盎然，允为佳什。

南宋·马麟　梅竹图页

菩萨蛮

◎ 清·纳兰性德

朔风吹散三更雪。倩魂犹恋桃花月。梦好莫催醒。由他好处行。　无端听画角。枕畔红冰薄。塞马一声嘶。残星拂大旗。

红冰，血泪凝成的冰。

风雪交加的夜晚，塞外征人思念着家中的妻子。梦中似乎回到了那些温暖美好的岁月，他不愿意醒来。但梦境毕竟是不能长久的，冰冷的角声惊破了美梦，眼前仍旧是塞马残星。

这首词的题材非常常见，妙在词人精巧的安排。"三更雪"与"桃花月"，"画角"与"红冰"，鲜明的对比表现出极大的张力，给人以强烈震撼。以"塞马一声嘶，残星拂大旗"结尾，绵绵相思之中更有壮丽刚劲的边塞风光，其美感是丰富多面的。

八声甘州

○ 南宋·张炎

　　记玉关踏雪事清游。寒气脆貂裘。傍枯林古道，长河饮马，此意悠悠。短梦依然江表，老泪洒西州。一字无题处，落叶都愁。　　载取白云归去，问谁留楚佩，弄影中洲。折芦花赠远，零落一身秋。向寻常、野桥流水，待招来、不是旧沙鸥。空怀感，有斜阳处，却怕登楼。

评 注

　　江表，泛指长江以南地区。西州，在今南京城西，泛指故国旧都。
　　张炎是宋末贵族后裔，宋亡以后，落拓失意。这首词是他赠别友人之作，气脉流贯，苍凉隽爽。上片追念昔日壮游，又念及故国之恨，哽咽难言。下片写眼前之别，意态潇洒，情意深重。

203

明·朱邦　寒江渔村图

十一月四日风雨大作

　南宋·陆游

僵卧孤村不自哀，尚思为国戍轮台。
夜阑卧听风吹雨，铁马冰河入梦来。

评　注

　　八百多年前的这一日，有一位老人独卧于凄风苦雨之中，风雨飘摇的
国势让他不能安睡，即便在浅眠之中，梦里也尽是当年金戈铁马的生涯。
诗人身处"孤村"，但无暇为自己的遭遇而悲哀，有更重要的事情牵动着
他的心魂，那便是国家抗敌御侮的大业。如此胸怀，只有杜甫的"安得广
厦千万间，大庇天下寒士俱欢颜"和辛弃疾的"布被秋宵梦觉，眼前万里
江山"可以与之媲美。陆游对国家命运的强烈关切，可谓"发已千茎白，
心犹一寸丹"。

山园小梅二首　其一

◎ 北宋·林逋

众芳摇落独暄妍，占尽风情向小园。

疏影横斜水清浅，暗香浮动月黄昏。

霜禽欲下先偷眼，粉蝶如知合断魂。

幸有微吟可相狎，不须檀板共金尊。

评　注

　　暄妍，气候温暖，景物鲜明而美丽。

　　人谓林逋梅妻鹤子，他对梅花的喜爱可以想见。寒梅绽放于众芳摇落之时，高洁的品格历来为人称赞。此诗首联便写梅花这种矫矫不俗的特质。颔联清姿奇丽，以"水"和"月"这等胜绝清绝之物衬托梅花的姿态与香气，为咏梅绝唱。颈联从侧面入手，不直写梅，而以"霜禽"、"粉蝶"对梅花的渴慕表现其美。尾联写诗人自己对梅花的亲近喜爱，"不须檀板共金尊"，诗人远离富贵喧嚣的俗世与梅花淡宕出尘的气质相映成趣。

南宋·马远（传）　林和靖梅花图

浣溪沙

○ 清·史承谦

　　一桁帘垂小阁前。虚廊寂寂断茶烟。雪天憔悴掩双蝉。　　浅贮暖波温玉蕊，倦扶香袖拂冰弦。都将愁思入寒边。

评　注

　　桁（héng），檩。双蝉，指双鬟。玉蕊，手的美称。

　　这是一首精致含蓄的闺怨词，词中的女性雪天独坐，净手抚琴，带有一种优雅的贵气。垂下的帘幕阻隔了一天雪气，也将她局囿于斗室之间。"憔悴"、"愁思"等语透露了她低落的心情。抚琴而言"倦扶香袖"，可见她弹琴并非因兴致高昂，只是借以排遣罢了。她愁从何来，我们无从得知，全词所传递的也只是一种淡然怅惘的情绪，颇有五代小令风致。

渔家傲

◇ 宋·李清照

天接云涛连晓雾。星河欲转千帆舞。仿佛梦魂归帝所。闻天语。殷勤问我归何处。　　我报路长嗟日暮。学诗谩有惊人句。九万里风鹏正举。风休住。蓬舟吹取三山去。

评 注

南渡之后，李清照曾经乘船渡海，见过涛生云灭的壮阔之景。这首词将海景与梦境相融，写自己与天帝的对话，带有浪漫雄奇的色彩。她托天帝之口自问"我归何处"，显示出古代女性中十分难得的自我反省、自我定位的意识。词的最后将海上仙山作为自己的归所，寄托着词人高远美好的理想。李清照以女子身份作此词，绝无一丝脂粉气。

小　至

○ 唐 · 杜甫

天时人事日相催，冬至阳生春又来。
刺绣五纹添弱线，吹葭六琯动浮灰。
岸容待腊将舒柳，山意冲寒欲放梅。
云物不殊乡国异，教儿且覆掌中杯。

评　注

　　小至，农历冬至日前后。琯（guǎn），玉制六孔管乐器。
　　古谚云："冬至一阳生。"冬至日以后，白昼渐渐变长。杜甫表现这一
节令变化细致入微：宫女一日可以多绣几根丝线，律管中的葭灰也相应飞
出。到了梅柳芳春的时节，风物该与家乡一样，只是此身却是漂泊异乡。
诗的最后一句带有达观知命的味道，在杜甫难得安适的一生中，呼唤小儿
斟上一杯酒也算极为惬意的享受了。

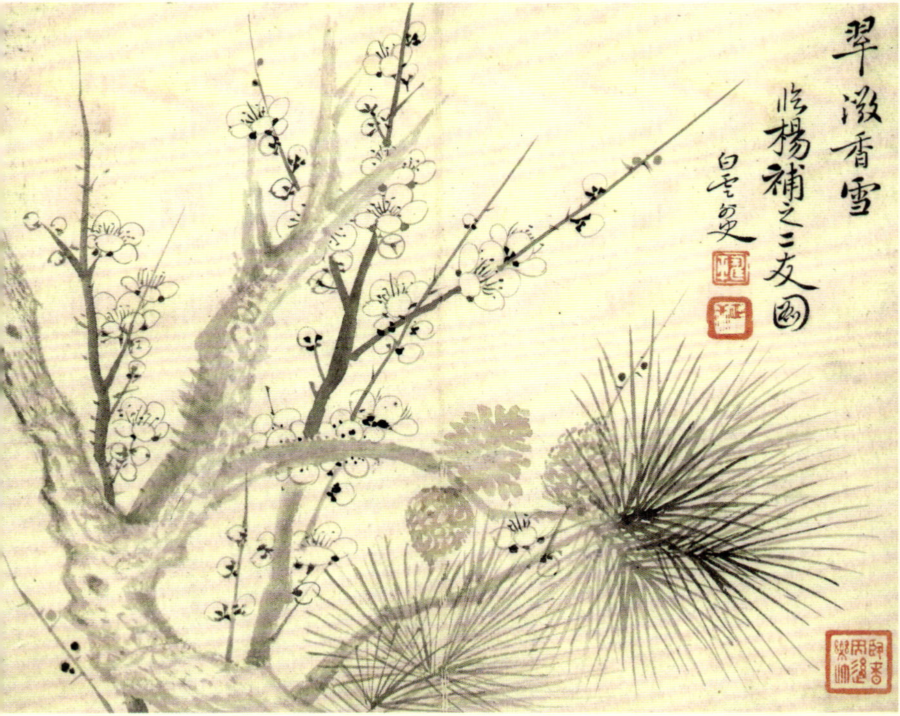

清·恽寿平　瓯香馆写生册·梅花

君子于役

○ 《诗经·王风》

君子于役，不知其期，曷至哉？
鸡栖于埘，日之夕矣，羊牛下来。
君子于役，如之何勿思。

君子于役，不日不月，曷其有佸？
鸡栖于桀，日之夕矣，羊牛下括。
君子于役，苟无饥渴。

评 注

　　埘（shí），鸡舍。佸（huó），相会。桀，鸡栖木。
　　夕阳西下，牛羊尚可归圈，可是远方的丈夫却不知道什么时候才能回
家。这首诗写妻子思念在外服役的丈夫，以乡村中的常见事物烘托朴素真
挚的感情，不着华彩，自能动人。末句"苟无饥渴"饱含妻子对丈夫的关
切与担忧，读之令人鼻酸。

古诗步出城东门

◦ 汉·无名氏

步出城东门，遥望江南路。
前日风雪中，故人从此去。
我欲渡河水，河水深无梁。
愿为双黄鹄，高飞还故乡。

评 注

　　此诗前四句写送人，语淡而情深，故人已去了两日，还要出城来，久久望着他离去的那条路。后四句写思归之念，读者方始发觉送客之人亦在客中，别情更增一倍。苏轼《临江仙》词云"人生如逆旅，我亦是行人"，道尽人世的沧桑和无奈。诗人身不由己，无法挽回远去的故人，也无法立即还乡，只有幻想化为飞鸟，飞回故乡。这首诗格调高古，饶有深味。

北宋·赵佶　梅花绣眼图页

疏　影

◎ 南宋·姜夔

苔枝缀玉。有翠禽小小，枝上同宿。客里相逢，篱角黄昏，无言自倚修竹。昭君不惯胡沙远，但暗忆、江南江北。想佩环、月夜归来，化作此花幽独。　　犹记深宫旧事，那人正睡里，飞近蛾绿。莫似春风，不管盈盈，早与安排金屋。还教一片随波去，又却怨、玉龙哀曲。等恁时、重觅幽香，已入小窗横幅。

评　注

此首是《暗香》之姊妹篇，同为姜夔应范成大之请所作的咏梅词。《暗香》若有一己之情事在内，《疏影》则拉杂使事，用典颇多。如"有翠禽"二句化用赵师雄醉憩梅花下事，"犹记"三句化用寿阳公主梅花妆事。特别是"昭君不惯胡沙远"云云，以王嫱之魂比幽独之梅，用事而不为事使，自我作古，尤见独到。至于主旨寓意，或谓发徽、钦二帝之幽愤，或谓慨叹北宋后妃播迁，或谓指南北议和事，可谓众说纷纭。

望远行

北宋·柳永

长空降瑞，寒风翦，淅淅瑶花初下。乱飘僧舍，密洒歌楼，迤逦渐迷鸳瓦。好是渔人，披得一蓑归去，江上晚来堪画。满长安，高却旗亭酒价。　　幽雅。乘兴最宜访戴，泛小棹、越溪潇洒。皓鹤夺鲜，白鹇失素，千里广铺寒野。须信幽兰歌断，彤云收尽，别有瑶台琼树。放一轮明月，交光清夜。

评　注

　　柳永以长调见称，此词写雪，内蕴丰富，描写细腻，极铺叙展衍之致。雪花漫天飘洒，渔人独钓寒江，因天气寒冷，饮酒人多，连酒馆的酒价都贵了起来。上片既有超尘绝俗之景，亦有市井红尘之事，真令人应接不暇。下片由客观描写转向主观感受，先写雪中雅兴，再写眼中雪景，最后想象高台之上雪月交光之美，境界高远幽洁。

216

明·项圣谟 雪影渔人图

别董大二首 其二

○ 唐·高适

千里黄云白日曛，北风吹雁雪纷纷。
莫愁前路无知己，天下谁人不识君。

评 注

曛（xūn），昏暗。

这是一首送别诗，送别的对象是唐代著名琴师董庭兰。此诗颇具盛唐气象，写景状物有包举天地之势。黄云千里，大雪纷纷，景虽壮阔，却也阴沉，在这样的环境中送别，心情多半是晦暗压抑的。然而诗人以壮语赠别，以意气风发的态度想象未来：不要担心离去之后无人欣赏，天下有谁不识得绝艺在身的董庭兰呢！诗的后两句昂扬自信，慷慨雄快，令人胸次顿开，千载之下，传为佳句。

汴河阻冻

唐·杜牧

千里长河初冻时，玉珂瑶珮响参差。
浮生却似冰底水，日夜东流人不知。

评 注

　　这是一首哲理诗，以冰底的流水形容人生。河面刚刚结冰的时候，未曾冻实的冰块叮咚作响，犹如玉石相击，欢快美好。但冰底流水的变化却在暗中进行，表面上是看不出来的。犹如人生中那些不可对人言的苦楚，也只能深藏在心里，只有自己知道。东流之水亦如逝去的光阴，在我们无所察觉的情况下一去不回。面对人世的无常，人们或许可以戴上强颜欢笑的面具，但终究是骗不了自己的。

子夜四时歌 · 冬歌

○ 晋 · 无名氏

渊冰厚三尺，素雪覆千里。
我心如松柏，君情复何似。

评 注

《子夜四时歌》是乐府民歌，以质朴自然的语言描写一年四季的风景，多表现男女相思之情。这一首"冬歌"以松柏为喻，表现的是一种坚贞不改的感情。严冬之际，千里冰封，万里雪飘，万木在一片肃杀中凋零殆尽，只有松柏长青，不为所动，不失本色。《论语》中说："岁寒，然后知松柏之后凋也。"经过严峻的考验方见人心的坚定，"我心如松柏"是一种自我剖白，同时也向对方发出了探问"君情复何似"。宋人李之仪《卜算子》词云"只愿君心似我心"，诗中的主人公也是同样的心意。

从军行七首 其四

唐 · 王昌龄

青海长云暗雪山，孤城遥望玉门关。
黄沙百战穿金甲，不破楼兰终不还。

评 注

  王昌龄有一组七首的《从军行》，清新婉健，笔力刚劲，这是其中之一。

  "青海"与"雪山"当指西北的青海湖与祁连山，玉门关是边塞的关隘。西北边陲形势险要，天气严寒，戍边在此的将士身经苦战。后两句写战事之多之烈，慷慨激昂。最后一句既可以读出破敌必胜的坚定决心，也可以读出"征人去不还"的慷慨悲壮。

葛　生

○ 《诗经·唐风》

葛生蒙楚，蔹蔓于野。
予美亡此，谁与独处！
葛生蒙棘，蔹蔓于域。
予美亡此，谁与独息！
角枕粲兮，锦衾烂兮。
予美亡此，谁与独旦！
夏之日，冬之夜。
百岁之后，归于其居。
冬之夜，夏之日。
百岁之后，归于其室。

南宋·马和之　唐风图卷·葛生

评　注

　　葛（gé）、楚、蔹（liǎn）、棘，都是植物名。予美，犹言"我爱"，女子称她的丈夫。域、居、室，均指坟墓。

　　这是一首思念亡夫的诗，用的是《诗经》中惯用的"起兴"手法。

　　丈夫去后的每一个漫漫长夜，都只有女子独自挨过。她渴望着百年之后与丈夫合葬，在虚无杳冥的世界里团聚。夏季日长，冬季夜长，诗中反复用"夏之日，冬之夜"形容女子独居的时光，其寂寞难挨的度日如年之感令人惊心动魄。《诗经》里常常能见到这种温丽凄婉的深挚感情。

一剪梅·客中新雪

○ 南宋·方岳

　　谁剪轻琼做物华。春绕天涯。水绕天涯。园林晓树恁横斜。道是梅花。不是梅花。　　宿鹭联拳倚断槎。昨夜寒些。今夜寒些。孤舟蓑笠钓烟沙。待不思家。怎不思家。

评　注

　　联拳，屈曲貌。

　　此词上片点明题目中的"新雪"，写雪花之颜色形态，它洁白轻盈，漫天飞舞，像梅花又不是梅花。下片点明题目中的"客中"，天涯游子在漫天飞雪中兴起了思家之念，在这寒冷的冬夜，白鹭都被冻得蜷起了身子，词人却只能独钓孤舟，不知何时踏上归程。雪花飘荡在树梢天畔的时候，好像也将游子的思念带到了远方。

南宋·马远　雪滩双鹭图

清·张若澄　燕山八景图册·西山晴雪

浣溪沙

清·纳兰性德

　　残雪凝辉冷画屏。落梅横笛已三更。更无人处月胧明。　　我是人间惆怅客，知君何事泪纵横。断肠声里忆平生。

评　注

　　雪、梅、月都是极清冷的意象，词的上片便营造出这种清极寒极的境界。下片抒写了一种痛彻心扉的悲苦。"知君何事"是问句，词人并没有提及为何流泪，如何断肠，但词中感极而悲的情意实在令人心酸动容。如果说具有感发力量的诗词像一个"空筐"，这首词所带来的丰富联想无疑可以容纳许许多多人的许多种遭际。

终南望余雪

唐·祖咏

终南阴岭秀，积雪浮云端。
林表明霁色，城中增暮寒。

评 注

据《唐诗纪事》记载，这是一首应试诗，考题要求写一首十二句的五言长律，而祖咏写到"城中增暮寒"便觉意尽，再续便是画蛇添足，遂搁笔。

这首诗确实言近旨远，神完气足。"终南阴岭秀"一句，便觉雪气森然。"积雪浮云端"是远望之景，照应题目中的"望"字。终南山上的高高积雪晴光明秀，长安城中却因雪化更添了一份寒冷。言"积雪"，言"霁色"，均照应题目中的"余雪"，是下雪之后，不是下雪之时。应试之作而能造此苍秀之境，确实难得。

杂诗三首 其二

◎ 唐·王维

君自故乡来，应知故乡事。
来日绮窗前，寒梅著花未？

评 注

这是一首不讲究平仄的古绝，有着乐府民歌般自然浅白的风格。诗人
向故乡的来客探问故乡之事。按说故乡最令游子牵挂的应该是亲人，王维
的另一首思乡之作便言明"独在异乡为异客，每逢佳节倍思亲"，何以他
在此不问家事，却问"寒梅著花未"这等微末小事呢？其实，诗人将心头
的万千系念物化为窗前的寒梅，寒梅便成了家乡风物、亲人亲情的一种象
征，备极情韵诗意。

229

金缕曲二首 其二

◎ 清·顾贞观

　　我亦飘零久。十年来，深恩负尽，死生师友。宿昔齐名非忝窃，试看杜陵消瘦。曾不减、夜郎僝僽。薄命长辞知己别，问人生、到此凄凉否。千万恨，为君剖。　　兄生辛未吾丁丑。共些时，冰霜摧折，早衰蒲柳。词赋从今须少作，留取心魂相守。但愿得、河清人寿。归日急翻行戍稿，把空名、料理传身后。言不尽，观顿首。

南宋·马远　晓雪山行图

　　俉偢（chán zhòu），憔悴。河清人寿，出自《左传·襄公八年》的"俟河之清，人寿几何"，指人的寿命很短，等待黄河变清是不可能的，比喻极难实现的事情。

　　顾贞观的好友吴汉槎受科场案所累，被流放宁古塔，那是北方苦寒之地。顾以词代书，写了两首《金缕曲》寄给吴，这是其中的第二首。

　　词的上片写自己近年的遭遇，最痛者莫过于知己远别。下片是对汉槎的殷殷叮嘱，语句浅白，情意真切，仿佛挚友就在眼前。后来吴汉槎在纳兰性德的帮助下得救，这是一段关于友情的佳话。

231

陇西行四首 其二

○ 唐·陈陶

誓扫匈奴不顾身，五千貂锦丧胡尘。
可怜无定河边骨，犹是春闺梦里人。

评 注

无定河，黄河支流，以河道不定、深浅难测得名。

在唐代的边塞诗中，这一首允称上品。前两句写将士勇猛，殒身不恤，尚属寻常。后两句写到闺中思妇，其构思之巧实在令人意夺神骇。在相隔万里、音书不通的情况下，思妇夜夜梦见的良人，说不定已成为无定河边的白骨了！那种两地悬望、生死不知的苦楚，以及战争中人命危浅、朝不虑夕的残酷，形成了这首诗苍凉悲壮的巨大感染力。

夜上受降城闻笛

唐·李益

回乐峰前沙似雪，受降城外月如霜。
不知何处吹芦管，一夜征人尽望乡。

评 注

　　这是一首征人思乡之作，回乐峰、受降城都是唐代边境地名。明月如霜，直照得边关沙地犹如白雪一般，清冷辽阔之中，有芦管之声隐约响起。芦管不知是何人吹起，声音应该也不大，但却分外能撩动征人的思乡之情。后两句兴于微末而情思郁勃，天然率真却姿态横生。征人千千万万，不可能此夜均未成眠，但诗人偏偏用了一个"尽"字，此句并非写实，却表现了戍边将士的普遍情绪。此诗雄壮悲切，虽没有盛唐边塞诗那种豪迈乐观的精神，但情感饱满而真实。

清·任伯年　梅花仕女图

白　梅

◎ 元·王冕

冰雪林中著此身，不同桃李混芳尘。
忽然一夜清香发，散作乾坤万里春。

评　注

　　王冕是元代的画梅名家，一生爱梅，号梅花屋主，这首便是他的咏梅诗之一。梅花向来以凌寒早发傲视群芳，虽然开放在冰雪之中，却是春天到来的消息。白梅有着冰雪一样的清冷之姿，其一股幽香，自然区别于无味的冰雪。白梅绽放之际，香气浮动，春意万里。古人写梅，多以疏枝浅蕊出之，这首诗却是千丛万簇，芳意遍布天地之间，其盛大繁茂之处别具一种勃勃生气，尤觉冷香沁人。

宋·佚名　雪山行骑图页

大寒出江陵西门

○ 南宋·陆游

平明羸马出西门，淡日寒云久吐吞。
醉面冲风惊易醒，重裘藏手取微温。
纷纷狐兔投深莽，点点牛羊散远村。
不为山川多感慨，岁穷游子自消魂。

评　注

羸（léi）马，瘦弱的马。

大寒是一年中至冷之节，满怀忧思的陆游骑马出门，但见天光暗淡，万物收藏。他把双手掩在重裘之下，好留取些微的暖意。

陆游向来以爱国诗人的身份为人所知，他的"山川感慨"自然是"但悲不见九州同"、"尚思为国戍轮台"之类。而此际天地苍茫，游子在外，不思江山飘摇之事已然肠断魂销，何况诗人从来不曾泯灭那一片丹心。

高阳台·除夜

◎ 宋·韩疁

　　频听银签，重燃绛蜡，年华衮衮惊心。饯旧迎新，能消几刻光阴。老来可惯通宵饮，待不眠、还怕寒侵。掩清尊。多谢梅花，伴我微吟。　　邻娃已试春妆了，更蜂腰簇翠，燕股横金。勾引东风，也知芳思难禁。朱颜那有年年好，逞艳游、赢取如今。恣登临。残雪楼台，迟日园林。

评　注

　　银签，古代的一种计时器。蜂腰、燕股，均为首饰。

　　守岁是除夕夜的重要活动，这首词写的是一位老人除夕守岁的感受。大家年幼时都有盼望过年的记忆，因为自己又长大了一岁，然而对于老人来讲，过年也代表着令人心惊的年华消逝。这位老人发现，通宵饮酒对自己来说已经有些难以支持。诗人林和靖说，"幸有微吟可相狎"，幸而还有梅花可以相伴吟咏，度此佳时。

　　词的下片写一位美丽的邻家少女，与"不惯通宵饮"的老翁相比，她是那样年轻鲜艳，让人想到刘希夷的"寄言全盛红颜子，应怜半死白头翁"。全词在写节令风俗的同时，充满了对时间和生命的思考。

康熙大平有喜存
豐年佳景可詞村
也年恰致送神媒
窗庭笑鬧老瓦盆
自為歸家因畝来
情殷此户反村畯城
能九富通五烷家来
高民實餘禰
庚子补正上浣
陳瑞

明·佚名 丰年家庆图

后　记

　　与常见诗词选本相比,《四季读诗》最大的特点就是所选作品贴合四季风物。该书分为春、夏、秋、冬四个部分,"春风春鸟,秋月秋蝉,夏云暑雨,冬月祁寒","物色之动,心亦摇焉",在四季不同的风景里,体会不同的诗心,是阅读该书最独特的体验。此外,我们在选录诗词的时候特别注重作品的创作水平,注重表现古人的学问修养、性情襟抱。

　　叶先生生平多历苦难,却能挣扎而出并有所树立,离不开古典诗词的力量。南朝的钟嵘说:"使穷贱易安,幽居靡闷,莫尚于诗矣。"当一个人遭遇穷贱孤独等诸般痛苦的时候,诗歌便是一剂纾解的良药。这一点我自己也深有体会。某年曾经遭遇巨大的压力而几乎心力交瘁,那时正是春寒料峭的三月,南开园花事已近,闷坐中,蓦然想到义山诗"风光冉冉东西陌,几日娇魂寻不得。蜜房羽客类芳心,冶叶倡条遍相识",一时身心俱安。这种心境的转变似乎没有什么道理可讲,但确是诗歌的温柔和美丽抚慰了我当时的痛苦与疲倦。

　　优秀的古典诗词中蕴含着前贤光明俊伟的人格和真挚深厚的情意,拥有使人向上的蓬勃力量。所以我们希望,这部《四季读诗》不仅能让读者面对四时好景有一份诗情画意,更能以古典诗词的独特魅力为读者带来生活的智慧和力量。

编者

中华书局

| 初版责编 | 徐麟翔 |